B

DOUZE NOUVELLES.

4.

DOUZE NOUVELLES,

par Madame Is. de MONTOLIEU,

pour servir de suite

A SON RECUEIL DE CONTES.

~~~~~~~~~~~~~~~~~~~~~~~~~~~~~~~~~~~~~~

TOME QUATRIEME.

~~~~~~~~~~~~~~~~~~~~~~~~~~~~~~~~~~~~~~

A PARIS:

chez J. J. PASCHOUD, Libraire,

rue Mazarine, N.º 22,

ET A GENEVE,

chez le même Imprimeur-Libraire

1812.

LES DOUZE NOUVELLES.

~~~~~~~~~~~~~~~~~~~~~~~~~~~~

NEUVIEME NOUVELLE.

~~~~~~~~~

LE VIEUX SAVETIER DE LA CABANE ET LES HUIT LOUIS.

~~~~~~~

HISTORIETTE.

C'ÉTAIT dimanche. De tout côté on entendait le son argentin des cloches, appelant dans les églises dispersées les habitans des villages voisins. Sur tous les sentiers on voyait des groupes d'hommes, de femmes, de jeunes gens, d'enfans, marchant, d'un pas précipité, vers un temple rustique. Tous étaient parés de leurs plus beaux habits: les mères et les aïeules l'étaient de leurs habits de noce, réservés de tout tems pour le dimanche, et, graces au coffre où ils sont renfermés tous les autres jours, presque aussi beaux que le beau jour de leur mariage, mais de forme un peu antique. La mode exerce au village un empire plus lent, moins despotique, mais elle l'exerce encore; et la jeune fille, dans son corset noir bordé de rouge, avec ses manches de chemises courtes et bouffantes, et son joli chapeau de paille sur l'oreille, rit tout bas de la longue taille de sa mère, des manches à grandes ailes de sa grand'mère, de leur barette de toile à larges bandes; et ne songe pas que ses enfans riront d'elle à leur tour. Chacune porte à la main son livre de cantiques ; quelques-uns serrés par des agraffes d'argent qui brillent au soleil ; d'autres, plus modestes, ornés de la branche de romarin et de l'œillet gros rouge. Tous ces bons villageois ont l'air d'aller à une fête ; et c'en est une en effet, pour ces cœurs simples et bons, de commencer le jour du repos par offrir en commun leurs vœux à l'Etre suprême.

Dans une chaumière isolée, à demi-ruinée, et devant une fenêtre étroite, à vitres de papier huilé, un vieillard était debout et regardait tristement la procession de ceux qui se rendaient à l'église.

Il les suivit des yeux jusqu'à ce que le dernier fût entré et que la porte fût fermée ; alors la cloche cessa, et il entendit les voix réunies, qui chantaient le cantique sacré. Il jeta un regard sur son habit en lambeaux, deux larmes coulèrent sur ses joues ridées; il les essuya avec le revers de sa main, puis il se tourna vers sa femme qui pleurait aux sanglots, assise sur une mauvaise escabelle, la tête appuyée sur une planche qui leur servait de table, et les yeux couverts d'un tablier où il y avait plus de trous que de places pour recevoir ses larmes.

Ne pleures donc pas ainsi, Berthe, lui dit son mari, cela n'est pas bien; mon enfant, tu offenses Dieu: il veut qu'on supporte le sort qu'il nous envoie; il sait bien que ce n'est pas notre faute si nous n'allons pas aussi le prier dans sa maison. Oserions-nous y entrer avec ces guenilles qui nous couvrent à peine? Dans le tems de notre prospérité, Berthe, nous

allions toujours au sermon ; quand
même nous avions deux lieues à faire,
nous les faisions avec plaisir. A présent nous ne le pouvons plus ; mais
Dieu regarde à l'intention, il lit dans
les cœurs, il sait que les nôtres sont
avec lui, ici comme à l'église : ainsi,
ne pleures plus, Berthe, cela ne sert
à rien, et donne-moi le livre de
prières, je t'en lirai une, aussi bien
que le ministre, et puis nous chan-
terons ensemble un cantique, que je
conduirai aussi bien que le chantre.

Berthe se leva, prit un livre à
moitié déchiré sur le ciel du lit,
et le donna à son mari. Je veux bien
prier avec toi, lui dit-elle, mais non
pas chanter ; tiens, mon ami, pas
même pour le bon Dieu, cela ne
m'est pas possible. Quand je vois
passer toutes ces vieilles femmes

allant à l'église, avec leurs enfans et leurs petits-enfans....

Marcel. Et leurs habits de noce, cela te crève le cœur, n'est-ce pas? tu penses au tien de papeline gorge de pigeon, qui t'allait si bien, qui était si beau? Hélas! oui, pauvre Berthe! il a été brûlé avec le reste; mais que faire? Dieu l'a voulu; nous pouvions être brûlés aussi, et il nous a sauvés.

Berthe. Qu'importe, si c'est pour périr à présent de misère? plût à Dieu que je fusse morte avec ma pauvre Georgette!

Marcel. Berthe, Berthe! Est-ce donc ainsi que tu m'aimes? Que me resterait-il à présent, si j'avais aussi perdu ma bonne femme?

Berthe, en lui tendant la main. Tu as raison, Marcel, et je te de-

mande pardon : avec toi je puis tout
souffrir ; mais nous n'avons plus de
pain que pour un jour, et tu vois nos
habits.

Marcel. Dieu et les braves gens
y pourvoiront, ma femme. Demain
ce ne sera plus dimanche, et nous
travaillerons. J'ai là quatre paires de
souliers à raccommoder , qui me
vaudront bien quatre sous pièce ; et
ton roüet , comme il va tourner !
Nous ne sommes pas encore morts
de faim, quoique nous en ayons été
bien près ; nous n'avons pas été obli-
gés de mendier, et c'est-là ce qui
me ferait le plus de peine. Recevoir
ce qu'on nous donne, à la bonne
heure : celui qui vient chercher le
pauvre a sûrement bon cœur, il est
doux de le remercier. Mais demander
à ceux qui nous refuseront peut-être,

ou qui nous donneront de mauvaise grace, en nous disant une injure! Ah! c'est cela qui est dur, bien dur; c'est ce que je prie Dieu d'épargner à ma vieillesse!

Il le faudra bien peut-être, dit Berthe en recommençant à pleurer. De quoi peut-on répondre? Qui nous aurait dit une fois que notre fils mourrait à l'hôpital?

Marcel. Qui nous aurait dit qu'il mourrait avant nous? Voilà le vrai malheur! car pour l'hôpital qui te tient tant au cœur, beaucoup de braves gens y meurent, et n'en vont pas moins au ciel. Nos enfans y sont, voilà ce qui est sûr. Dieu les a pris dans leur innocence avant qu'ils eussent péché. Sais-tu si tu les aurais gardés, s'ils avaient vécu? si ta fille ne t'aurait pas quitté pour le premier amoureux, et ton fils pour le premier sergent qui lui aurait offert une cocarde ? Cela ne t'aurait-il pas plus fâchée que de les rendre au bon Dieu qui te les avait prêtés ? Ne pleure donc plus, Berthe, et écoute la prière que je vais lire.

Berthe soupira sans répondre. La pauvre mère ne pouvait prendre son parti d'avoir eu deux beaux enfans et de n'en avoir plus ; d'avoir été riche pour son état, et d'être dans la misère. Son mari regrettait son bien-être et surtout ses enfans tout autant qu'elle ; mais l'affliction chez les hommes a un tout autre caractère, elle est intérieure ; il est rare qu'ils aiment à y donner essor et à en parler. Les femmes, au contraire, ont la douleur très-verbeuse et les larmes très-faciles ; c'est sans doute

la cause qui rend le chagrin quelquefois si fatal aux hommes, tandis
qu'on prétend qu'il fait vivre les
femmes. Quoi qu'il en soit, Marcel
n'était pas mort du sien, mais il pe-
sait sur son cœur plus encore que
sur celui de Berthe; il craignait de
s'y livrer par le mal qu'il en éprouvait, et son unique étude était de
détourner promptement l'entretien
lorsqu'il tombait sur ce sujet, ou
d'avoir l'air plus résigné qu'il ne l'é-
tait en effet. Son fils François, garçon
de belle espérance, avait eu le désir
de devenir charpentier et montrait
du talent pour ce métier utile. Son
père, très à son aise alors, l'avait mis,
à douze ans, en apprentissage chez un
bon maître de la ville. Il réussissait
à merveille lorsqu'il fut saisi d'une
maladie contagieuse; son maître la

redoutait pour sa famille, et le plaça
à l'hôpital où il était mort au bout
de quelque tems. Berthe avait cet
hôpital sur le cœur. Elle croyait
qu'on l'avait mal soigné, et elle l'aurait regretté moins amérement, s'il
était mort dans ses bras. Il leur restait une fille de seize ans, belle et
sage, qui, sans doute, leur aurait
bientôt rendu un fils en se mariant,
lorsqu'un autre malheur vint les
frapper. Le feu du ciel tomba sur
leur maison qui fut entiérement con-
sumée, ainsi que les dépendances et
tout ce qu'elles contenaient. C'était
après les récoltes, en sorte qu'il ne
leur resta rien, pas même leur premier trésor : leur fille chérie mourut
des suites de l'émotion de cette nuit
cruelle ; son père et sa mère furent
très-long-tems malades de chagrin,

et ils eurent de plus celui de guérir.
Ils firent des emprunts pour vivre,
sur leur petit fonds de terre, pour
payer les frais de leur maladie et un
loyer, car, n'ayant plus d'autres enfans, ils ne voulurent pas rebâtir leur
ferme. Ils auraient pu encore sub-
sister frugalement; mais la terrible
guerre de sept ans arriva, et, comme
bien d'autres, ils en furent les vic-
times : il fallut loger des soldats, et
n'ayant plus de maison, il leur en
coûtait beaucoup; il fallut payer des
contributions, et leurs champs, et
leurs prés furent saccagés; il fallut
payer des intérêts, et, ne le pouvant
pas, leur fonds fut saisi et vendu à
l'enchère.

Ils furent alors réduits à la plus
complète misère, et contraints d'a-
bandonner le lieu de leur naissance

et de chercher un asyle. Quelques voisins se cottisèrent pour leur faire une petite somme, avec laquelle ils achetèrent cette cabane isolée et presqu'inhabitable, à l'extrémité d'un petit village, à dix lieues au moins de celui qu'ils avaient quitté. Berthe filait du matin au soir pour les paysans; Marcel, trop âgé pour travailler à la terre, s'était mis à raccommoder des souliers à côté du rouet de sa femme. On l'appelait *le vieux Savetier de la Cabane*, et on ne le laissait pas manquer d'ouvrage. Ils gagnaient tous les deux de quoi ne pas mourir de faim, mais ils n'avaient encore rien pu mettre de côté pour s'habiller ; leurs vêtemens tombaient en lambeaux; ils n'osaient pas aller à l'église, et tous les deux redoutaient les approches et les rigueurs de l'hiver.

Mais on n'y était pas encore, le mois
de juillet commençait à peine, et
Marcel lut à sa femme que Dieu
nourrit les petits des corbeaux et revêt
les lis des champs. — Quand la prière
fut achevée, on sortait du temple,
et ce fut encore un mauvais moment
pour Marcel. Les rassemblemens sur
la pelouse autour de l'église, les jeunes garçons et les jeunes filles revenant gaiement ensemble, leurs parens
les regardant avec complaisance; ce
tableau de joie et d'amour paternel,
qui lui retraçait un bonheur perdu
sans retour, déchirait son cœur. La
foule se dissipa, et il resta pensif à
sa fenêtre, plongé dans ses souvenirs.
Au-devant de la cabane était un ter-
tre de gazon, ombragé de quelques
beaux noyers; sous l'un d'eux était
assis un voyageur qui se reposait : un

havresac sur son dos, un bâton dans
sa main ; ses souliers poudreux indiquaient qu'il cheminait à pied, mais
il était très-bien vêtu, et il paraissait à son aise. Après quelques mo-
mens de repos, il posa son bâton à
côté de lui, détacha son havresac,
en sortit un morceau de pain blanc
et quelques fruits secs, et mangea
de très-bon appétit ce simple déjeûné,
que Marcel, qui n'avait pas déjeûné
du tout, aurait volontiers partagé
avec lui. Il sortit aussi une pièce de
bonne étoffe neuve qui était dans le
havresac, la déploya à demi, la regarda avec complaisance et la reca-
cha. Ce fut encore un sujet d'envie
pour le pauvre vieillard déguenillé.
Ensuite l'étranger se leva, sortit de
son gousset une bonne montre d'argent, regarda l'heure, jeta un coup

d'œil sur la contrée, et se remit en route.

Cet homme avait l'air si heureux à cette place ! pensa Marcel ; il lui prit envie d'aller aussi se reposer sous ce beau noyer ; peut-être qu'une heure de sommeil, sous son ombrage, lui fera oublier ses peines et sa faim.

Il sortit sans rien dire à Berthe, occupée à garnir sa quenouille pour le lendemain. Il traversa le grand chemin, et monta la petite colline. Déjà il vit quelque chose de blanc à la place où le voyageur avait été assis ; c'était un morceau de papier ; il le relève, le trouve pesant, l'ouvre. Il renfermait quatre beaux doubles louis d'or ; puis, sous un autre pli, une de ces grandes croix que les femmes portent à leur cou, suspendue à une petite chaîne d'or aussi. Même dans sa prospérité, Marcel n'avait peut-être jamais vu tant d'or à la fois; ce qu'il y avait de sûr, au moins, c'est que c'était pour lui une vue bien nouvelle. Il tourna et retourna ces louis, les secoua dans le creux de sa main, puis les replia avec soin dans le papier. Il n'avait plus nulle envie de dormir; il regarda le chemin que le voyageur avait pris, puis sa cabane. Berthe était à son tour à la fenêtre et le cherchait des yeux. Il l'appela et lui fit signe de venir le joindre. Elle arriva bientôt. Qu'est-ce que tu fais-là? lui cria-t-elle.

Marcel. Une belle trouvaille, Berthe! regarde dans ce papier.

Berthe. Bon Dieu! c'est de l'argent d'or, n'est-ce pas?

Marcel. Oui, sans doute: je crois que c'est des doubles louis.

Berthe. Des doubles... un, deux, trois, quatre ; il y a donc là huit louis, et qui tiennent si peu de place! Et cette croix est - elle d'or ou de cuivre ?

Marcel. Je la crois d'or, et la chaîne aussi.

Berthe. Mon Dieu, mon Dieu, quel trésor ! C'est comme si un ange l'avait posé là pour nous. C'est ta prière qui t'a valu cette trouvaille. Dieu a envoyé la nourriture aux corbeaux. Nous voilà riches à présent, et pour long-tems ! tiens, Marcel, avec une de ces pièces nous nous habillerons tous les deux, et bien chaudement encore ; avec une autre nous achèterons du blé ; avec la troisième, quelques meubles, quelques ustensiles : avec la quatrième,... il n'y a pas pour une vache. Non, il ne faut pas être trop ambitieux ; il faut nous contenter de ce que Dieu nous envoie ; nous garderons la quatrième, avec la croix, pour les cas fâcheux. Si nous tombions malades, par exemple... Tu ris, Marcel, à présent ; vraiment je le crois bien ; si seulement nous avions...

Marcel l'interrompant vivement. Bonne Berthe, je ris de la manière dont tu disposes de ce qui ne nous appartient pas.

Berthe. Comment donc? que veux-tu dire? ne l'as-tu pas trouvé? sais-tu seulement qui l'a perdu? Ni l'or, ni l'argent n'ont de marque, ils sont à celui qui les trouve.

Marcel. Mais moi, Berthe, je sais à qui cet or appartient.

Berthe. Et comment peux-tu le savoir?

Marcel. Il appartient à un voyageur qui s'est reposé à cette place ,
il n'y a pas un quart d'heure. Je l'ai
vu de notre fenêtre ; il a ouvert son
hâvresac, déployé une pièce d'étoffe,
et c'est alors que ce paquet sera
tombé.

Berthe. Il faut qu'il en ait beaucoup de ces louis pour n'y pas faire
plus d'attention , et les laisser perdre
ainsi ; cette perte est peu de chose
pour lui, et pour nous cette trouvaille
est tout.

Marcel. Tu as raison , Berthe ,
elle est tout ; car elle peut sauver ou
perdre notre ame : nous n'avons plus
que peu de tems à vivre ; chargerons-
nous notre conscience du poids de
ces huit louis ? Tu crois qu'ils nous
feraient du bien ? tu te trompes ,
nous serions cent fois plus malheu-

reux si nous cédions à la tentation
de les garder ; nous aurions un meilleur lit, et nous n'y dormirions pas
tranquilles ; nous aurions de bons
vêtemens, et nous oserions moins
encore aller à l'église que dans nos
guenilles : et quand le jour viendra
où il faudra rendre compte de nos
actions, comment excuserions-nous
celle-là ? Par notre extrême pauvreté ?
eh bien ! c'est un motif de plus d'être
honnêtes, parce qu'on est plus souvent tenté de ne pas l'être, et qu'il
ne faut pas s'ôter la seule richesse
qui nous reste, la paix de la conscience. Prends courage, Berthe,
nous ne mourrons pas de faim ; regarde autour de nous tous ces champs
couverts d'épis : la moisson va venir,
nous glanerons. Le juge est bon pour
nous, tu le sais ; son champ est si

beau ! il nous donnera, je le parie, deux ou trois gerbes : et le ministre aussi ; cela vaut bien mieux que cet or qui n'est pas à nous.

Berthe soupirant. Oui, pour la nourriture ; mais où prendrons-nous de quoi nous vêtir ?

Marcel. Le ciel y pourvoira : ne viens-je pas de te dire, qu'il habille les lis des champs, et qu'il ne faut pas être en souci pour le lendemain ? Ce voyageur me donnera peut-être une récompense : je n'en mérite cependant point pour une action aussi simple ; mais, s'il me donne de quoi t'acheter un tablier, pauvre Berthe ! je l'accepterai volontiers, et avec reconnaissance.

Berthe. C'est fort bien, mais où le reverras-tu ?

Marcel. Je vais tout de suite cou-

per ici à travers champs ; tu sais que
la route fait un grand détour à cause
de la rivière ; on gagne plus d'un
quart de lieue par ce sentier, et j'espère bien le retrouver là bas.

Berthe. Je le désire ; mais si tu ne
le retrouves pas ?

Marcel. Oh ! pour lors, chère
femme, malgré ma répugnance, je
prendrai mon parti de.....

Berthe. De garder les huit louis,
n'est-ce pas ?

Marcel. De mendier pour aller
jusqu'à la ville et pour payer un avis
que je mettrai sur la gazette. Va me
chercher mon bâton, Berthe, et ne
t'inquiètes point si je ne reviens pas
bientôt ; dépêche - toi seulement.
Berthe courut ; elle était honteuse
d'avoir mal compris son mari. Ce
dernier trait réveilla dans son ame

les bons sentimens que la vue de l'or
avait altérés. Elle revint aussitôt avec
le bâton de Marcel. Tiens, lui dit-
elle, et vas aussi vite que tu le pourras, il me tarde que ce vilain or,
qui m'a fait pécher, ne soit plus dans
nos mains.

Marcel partit ; mais ses jambes,
engourdies par l'âge et par son métier sédentaire, n'obéissaient pas à
son cœur ; il marchait avec peine.
Le vent agitait autour de sa tête les
mêches de ses cheveux blancs, et les
lambeaux de son pauvre vêtément.
Berthe le suivait des yeux du haut
de la colline ; elle aurait voulu hâter
sa marche par ses regards. Il man-
quera son voyageur, disait-elle ; et
ce pauvre cher homme se tuera de
fatigue en faisant les six grandes lieues
qu'il y a d'ici à la ville. Mais je suis

folle ; je crois que c'est moi qui devais aller, j'ai dix ans de moins que lui, je suis beaucoup plus forte : allons ; il va si lentement que je l'aurai bientôt rattrapé. Et voilà Berthe, âgée de soixante cinq ans passés, qui se croit jeune en comparaison de son mari, et qui court, en effet, comme si elle n'avait que trente ans. Elle le joignit au bout du champ, et le prit par le bras. Assieds-toi là, lui dit-elle, et laisses moi aller à ta place.

Marcel. Non, bonne Berthe ; tu n'as pas vu l'homme, tu ne le reconnaîtrais pas, et tu trouverais peut-être un coquin qui te dirait que l'or est à lui.

Berthe. Ah ! c'est vrai : mais dis-moi comment il est ce voyageur ;

T. IV. 2

est-il jeune ou vieux, grand ou petit, blond ou brun? de quelle couleur est son habit?

Marcel. Je ne l'ai pas vu de bien près, et cependant je suis sûr de le reconnaître : c'est un homme entre deux âges, assez grand et fort; il a le teint remarquablement brun : mais écoute, Berthe, allons tous les deux, nous nous aiderons mutuellement à marcher. Il passa son bras sous celui de sa femme, et le vieux et pauvre couple chemina aussi vite que possible. Ils s'arrêtèrent au bout du sentier qui rejoignait la route. En regardant à droite et à gauche, ils eurent le plaisir, au bout d'un moment, de voir de loin le piéton qui s'avançait et n'avait pas encore fait le détour. Le voilà, c'est bien lui-même! s'écria Marcel; allons au devant de lui. Quand ils furent à dix pas du voyageur, celui-ci ne douta pas, les voyant se diriger de son côté, qu'ils ne voulussent lui demander l'aumône : ils avaient l'air si vieux et si misérables, qu'il prépara la sienne, et voulut la leur donner avant qu'ils eussent dit un mot.

Berthe. Bien obligé, mon bon Monsieur, nous ne demandons rien; c'est nous, au contraire, qui voulons vous donner quelque chose.

L'Etranger. A moi, mes braves gens, comment cela ?

Marcel. Ma femme se trompe, Monsieur, ce n'est pas *donner* qu'elle veut dire, c'est vous rendre ce qui est à vous. Ne vous êtes-vous pas reposé, il y a une demi-heure,

sous un noyer, sur une petite colline au bord de la grande route?

L'Etranger. Oui, oui, rien n'est
plus vrai : à présent je me rappelle
de vous avoir vu ; vous étiez à la
fenêtre d'une chétive cabane de
l'autre côté du chemin ; vos cheveux blancs et votre air respectable
m'ont frappé.

Marcel. Vous avez ouvert votre
havresac.

L'Etranger. Oui, sans doute :
je n'avais pas déjeûné en partant de
la dernière couchée, et j'ai mangé
un morceau sous ce bel arbre avec
plaisir.

Marcel. J'en avais aussi à voir
votre air heureux ; vous avez encore déployé une pièce d'étoffe,
vous l'avez remise dans le havresac,

et c'est sans doute alors que vous
avez laissé tomber un papier ren-
fermant......

L'Etranger. Quatre double louis,
si c'est le mien , et une croix d'or
avec la chaîne , dans un petit papier
à part ; celui-ci a quelques lignes
écrites dedans.

Marcel les avait vues, mais n'avait
pu les lire parce que ses lunettes
étaient restées dans son livre de
prières. Le voyageur ouvrit son havresac , le vida , et n'y trouva pas
son or. Je le savais bien, dit Marcel,
que vous ne le trouveriez pas là ,
puisque je l'ai dans la main ; voilà
Monsieur , vos quatre doubles louis
et votre collier ; remettez-les dans
le sac , et gardez-les mieux une
autre fois. L'étranger les reçut avec
une expression de respect et de re-

connaissance ; il pressa les mains du
vieillard entre les siennes. Vous me
rendez un bien grand service, lui
dit-il : si j'en juge sur l'apparence,
vous avez plus de mérite qu'un autre
à me le rendre ; il me semble,
bons vieillards, que vous êtes bien
pauvres.

Berthe. Oh! si pauvres, mon bon
Monsieur, que....

Marcel. Que nous n'avons pas
même été tentés de nous appro-
prier une aussi grosse somme, elle
est au-dessus de nos besoins, et le
premier pour nous est de n'avoir que
ce qui nous appartient légitimement.

L'Etranger. Honnête et vertueux
couple ! à votre âge faire ce chemin
pour me rapporter ce petit trésor !
ne pouviez-vous pas me l'envoyer
par un de vos enfans ?

Berthe. Hélas ! Monsieur, nous n'en n'avons point : c'est notre plus grand malheur auquel personne ne peut rien ; nous en avons eu : et....

Marcel. Et au moins quand nous souffrons , nous souffrons seuls... mais , viens , ma pauvre femme , laissons ce Monsieur continuer sa route. Bon voyage ! Monsieur , ne perdez plus votre argent.

L'étranger avait l'air embarrassé. Non, non, bon père ! dit-il en reprenant la main du vieillard , non pas ainsi, encore un moment, je vous en prie , asseyons - nous et écoutez - moi. L'emploi de cet or est sacré, il ne m'appartient pas ; je vous raconterai à quoi il est destiné, et vous verrez que je ne puis rien en soustraire ; il ne me reste, outre cela , que ce qu'il me faut pour achever ma route, ayant encore dix ou douze lieues à faire; mais, avant huit jours, j'espère vous revoir et m'acquitter envers vous; voulez-vous vous fier à ma parole et me dire votre nom? Je n'oublierai, au reste, ni la colline, ni la cabane qui renferme un couple si honnête : votre nom, je vous en prie, dit-il en sortant un crayon de sa poche?

Marcel. Je suis connu dans ce village sous le nom du *Vieux savetier de la cabane;* je vous y re-verrai avec plaisir, si vous vous le rappelez; mais, si vous l'oubliez, nous n'en prierons pas moins Dieu pour vous, car vous nous avez procuré une heure heureuse, et nous n'en avons pas beaucoup: adieu, Monsieur.

L'Etranger. Digne homme! si je pouvais vous oublier, je ne mériterais pas le bonheur que je vais chercher et que je tremble de ne pas trouver. Il y a plus de vingt-cinq ans que j'ai quitté ma famille ; pendant tout ce tems-là je n'ai point eu de ses nouvelles ; mes parens me croyent mort, sans doute, ou, peut-être, eux-mêmes n'existent-ils plus ; mais, si je les retrouve encore, combien nous serons tous heureux !

Berthe, pleurant. Ah oui ! bien heureux ! mille fois heureux ceux qui peuvent retrouver leurs enfans sur la terre ! pour nous, nous ne reverrons les nôtres que dans le ciel où ils nous attendent.

Marcel. Tu vois, ma femme, si j'avais tort ce matin quand je te disais que les enfans qui vivent donnent aussi bien des chagrins. En voilà un qui paraît un honnête homme, eh

bien ! il a quitté ses parens et les a
laissé vingt-cinq ans sans leur donner
de ses nouvelles ; n'est-ce pas pire,
que la mort ?

L'Etranger. Je fus coupable, en
effet, quand, par une folie de jeunesse et, séduit par un recruteur ,
je m'enrôlai sans leur permission :
mais le reste n'est pas de ma faute ;
le régiment où j'étais entré fut em-
barqué pour Batavia ; je fus d'abord
envoyé dans l'intérieur des terres
pour travailler de mon métier de
charpentier, et j'y ai passé bien des
années sans pouvoir écrire. Quand
je fus revenu à Batavia , j'écrivis
plusieurs lettres à mon père sans
jamais avoir de réponse. Je gagnais
assez d'argent ; mais à quoi sert-il
quand le cœur n'est pas content? le
mien était en Europe ; je pensais

sans cesse au village où je suis né, où j'avais laissé tout ce que j'aimais au monde, mon père, ma mère et ma sœur. Je me décidai à revenir, et je m'embarquai avec mon petit pécule ; j'arrivai heureusement à Hambourg il y a environ deux mois ; là je trouvai, par hasard, mon ancien maître, chez qui j'avais appris mon métier, et qui s'y était établi depuis mon départ ; je le reconnus d'abord, mais lui ne me reconnut pas ; j'avais un peu noirci à ce soleil de Batavia, comme vous le voyez. Quand je me nommai, il fut bien surpris : il me reçut comme un fils, et m'emmena chez lui ; j'y trouvai sa fille que j'avais laissée toute petite, et qui était devenue grande et jolie. Tous les jours je voulais partir pour aller chercher mes parens, mais

Annette me priait de rester encore
un jour, et je restais ; il n'était pas
en mon pouvoir de rien lui refuser.
J'avais écrit en arrivant, j'attendais
la réponse ; voyant qu'elle ne venait
point, je dis un jour à mon maître :
Votre Annette et moi nous nous
aimons ; voilà ce que j'ai amassé par
mon travail, donnez-la moi pour
femme, et puis j'irai chercher mes
parens et nous vivrons tous ensemble ;
mais il faut qu'Annette soit à moi
avant que je parte. J'y consens, me
dit mon maître, Annette est à toi,
et tu iras chercher ta famille. Ainsi
fut fait ; j'épousai Annette, et deux
jours après je me mis en chemin.
Mon Annette a un cœur de reine ;
elle acheta une belle pièce d'étoffe
pour une robe à ma mère. Son père
lui avait donné douze louis pour sa

dot le jour de ses noces; elle en plia
quatre doubles dans ce morceau de
papier, et me dit : Porte-les, de ma
part, à ton père pour payer son voyage.
Ce n'est pas tout ; elle ôta de son
cou sa croix et sa chaîne d'or pour
les envoyer à ma sœur, à qui elle
écrivit un mot d'amitié. Je suis parti
gaîment avec tous les présens
d'Annette. Jugez donc quel chagrin
si je les avais perdus , et combien
je vous ai d'obligations ! Mais , mon
Dieu! si j'allais ne pas retrouver mes
parens , ce serait encore bien pire !
mon cœur se serre d'y penser. Ils
doivent être âgés, car je ne suis plus
jeune. Pour ma sœur, je ne suis pas
en peine, elle était ma cadette; mais
mon père ! c'était un si honnête
homme ; il était à son aise , Dieu
soit béni! il avait toujours un verre

de vin et un sou à donner aux pauvres, et ma mère quelques chemises en réserve pour ceux qui en avaient besoin. Vous pouvez, ce me semble, avoir entendu parler du vieux père Marcel de Pellnitz, et de sa femme Berthe.

O mon Dieu! dit le vieillard en étendant ses bras; est-ce un songe? Berthe! Berthe! serait-ce notre François ressuscité? ô mon Dieu! serait-il possible? Marcel... dis-tu?.. C'était lui, c'était François.

Que pourrions-nous dire au lecteur qui pût lui donner la moindre idée de ce que ces trois personnes éprouvèrent? C'était ce fils cru mort si long-tems, et tant regretté. Berthe ne pouvait parler, elle cherchait sur le col, sur le front de son fils, de légères marques qui ne sont connues que d'une mère ; elle les retrouvait, les baisait, les montrait à son mari.

— A genoux, Berthe, s'écria enfin le vieillard en s'y jetant lui-même : remercions Dieu qui nous donne déjà le paradis sur cette terre, et qui nous rend notre fils.

Mais non ! le paradis n'est pas sur cette terre où jamais le bonheur n'est complet. Le souvenir de Georgette vint leur rappeler qu'ils n'étaient que des hommes. Et ma sœur, ma pauvre sœur ? dit tristement François : vous avez dit que vous n'aviez plus d'enfans, qu'avez-vous fait de Georgette ? Elle est morte dans mes bras, s'écria Berthe, en fondant en larmes ! elle ne portera pas ce beau collier ! François le prit, le passa au cou de sa mère. Je parie qu'elle nous regarde, dit Marcel, en levant les yeux au

ciel. Il me s'emble l'entrevoir là-
haut, dans un nuage, avec une
couronne d'or sur la tête. Marcel
dans ce moment ne voyait que gloire
et bonheur.

Après un instant de silence, eh
bien ! dit Marcel à sa femme, cet
hôpital qui te désolait tant, tu vois
qu'on en revient. François leur raconta qu'il y avait fait connaissance
avec un sergent blessé, et couché
près de lui, qui l'avait embauché et
fait partir dès qu'ils avaient été ré-
tablis. On sait le reste de son histoire. Le maître charpentier craignant les reproches de ses parens,
avait trouvé plus commode de leur
dire qu'il était mort, ou peut-être
l'avait-il cru lui-même.

Ceux-ci contèrent à leur tour les
malheurs qui les avaient accablés, et

l'éxcès de leur misère; elle avait hâté
leur vieillesse et changé leurs traits
au moins autant que le soleil de l'Inde
avait bruni la peau de leur fils ; il
n'était donc pas étonnant qu'ils ne
se fussent pas reconnus. Ils revinrent
tous trois à la cabane. François voulut
remercier les habitans du village qui
avaient fait du bien à ses parens. Il
demanda que la cabane fût donnée
au premier malheureux sans asyle ,
et qu'on y joignît la petite colline et
les noyers qu'il acheta de la com-
mune. Il est inutile de dire que le
lendemain on fut à la ville voisine
pour habiller Marcel et Berthe. Ils
se mirent avec François dans une
voiture publique ; ils arrivèrent à
Hambourg ; ils furent reçus à bras
ouverts par la bonne Annette et son
père. Ils se virent encore entourés

de petits enfans, et, tous les soirs,
Marcel disait à sa femme : Dieu nous
a donné le *paradis sur la terre.*

~~~~~~~~~~~~~~~~~~~~~~~~~

DIXIEME NOUVELLE.

~~~~~~~~

LE SONGE,

ET L'AMOUR MUET,

Ancienne chronique de la ville de Brême. Imité des contes populaires de Muzéus.

Dans les anciens tems on croyait aux sorciers, aux revenans ; les songes jouaient un grand rôle dans la vie, et depuis les songes de Joseph jusqu'à celui dont nous allons conter l'histoire, plus d'un songe a décidé du sort du songeur. A mesure que l'esprit humain s'est éclairé, les songes, ainsi que les revenans, ont été relégués dans le domaine des contes de vieilles femmes et de berceuses ; un songe n'est plus que l'effet des sensations du passé, et ne prédit plus l'avenir. A-t-on tort, a-t-on raison ? et que doit-on penser des songes ? cette discussion intéressante nous mènerait trop loin, je l'abandonne à la sagacité, au raisonnement, à l'expérience de mes lecteurs : je veux seulement leur raconter l'histoire d'un jeune homme du bon vieux tems dont un songe fit le bonheur, et souhaiter à chacun un aussi heureux résultat. Si l'on doute de la vérité de mon histoire, qu'on aille à Brême ; on y verra les ruines du monument qui l'atteste, et tous les habitans de Brême la raconteront avec la foi et le respect qu'on a pour les vieilles traditions.

Dans l'antique ville de Brême vivait autrefois un vieux marchand nommé et surnommé le riche Melchior; il avait un tel bonheur, ou une telle habileté dans les affaires, que sa fortune était devenue immense : son unique jouissance était de l'augmenter encore. Mais cet homme avare, qui se refusait tous les plaisirs, toutes les dépenses, même les plus nécessaires, qui calculait jusqu'au revenu d'un denier, avait eu cependant deux fantaisies de luxe assez singulières, et qu'il avait satisfaites au grand étonnement de tout le monde. Il acheta un petit jardin aux portes de la ville, où il allait quelquefois se délasser de ses travaux, et il orna cette possession à grands frais de la manière la plus bizarre ; il fit faire une quantité de petites statues de

monstres d'argent doré, et entoura
la partie où il les plaça d'un treillage
très-fort et aussi doré. Son autre
luxe fut dans sa maison de la ville,
où il fit faire dans la chambre à
manger un plancher tout parqueté
en écus. On fut surpris d'abord
qu'un homme qui connaissait aussi
bien le prix de l'argent et l'art de
le faire valoir, foulât sous ses pieds
un capital aussi considérable qui ne
lui rapportait aucun intérêt. Mais
Melchior savait bien ce qu'il faisait ;
cet argent mort en apparence, ce
plancher sur lequel il recevait tous
ceux qui avaient à traiter avec lui,
donna une telle idée de sa fortune,
augmenta tellement son crédit, qu'il
eut bientôt doublé, triplé, qua-
druplé, centruplé les sommes qu'il
y avait employées ; la mort seule put

mettre fin à ses spéculations lucra-
tives, et arrêta le cours des millions
qui lui arrivaient de toute part. Il
mourut subitement d'une apoplexie,
qui ne lui permit pas de prendre
congé d'un fils unique qu'il avait, et
de lui parler de ses affaires, qu'il
lui laissa dans le meilleur état possible, ainsi que son jardin aux monstres et son plancher d'écus.

Frank Melchelson était un jeune
homme d'une belle espérance, et
d'une figure avantageuse ; il avait
trop souffert de l'avarice de son père
pour n'avoir pas en horreur ce vice,
aussi donna-t-il si bien dans l'excès
contraire, qu'au bout de peu d'années il vit le fond de ses caisses en-
tassées, dans lesquelles il puisait chaque jour sans jamais rien y remettre :
il fallut bien alors avoir recours à

des emprunts, mais la réputation du
père Melchior, de ses monstres d'argent et de son plancher d'écus était
si bien établie, qu'il trouva sans
peine à emprunter de fortes sommes
sur de très-gros intérêts. A mesure
qu'il fallait en payer un, c'était avec
quelques ornemens du jardin, et les
monstres disparurent l'un après l'autre, et enfin le jardin lui-même que
son père avait tant aimé, fut vendu
pour acquitter une dette. Cependant
son crédit se soutenait encore, mais
tout-à-coup le bruit se répandit que
les écus du plancher avaient aussi
disparu et qu'ils étaient remplacés
par une jolie marqueterie en bois ;
les créanciers arrivèrent pour s'en
assurer ; la métamorphose était vraie,
et la chambre à manger, moins riche,
était beaucoup plus jolie. Frank assura

que le bon goût seul en était la cause,
qu'un plancher d'écus et des monstres
d'argent étaient trop affreux pour les
conserver; les créanciers eurent l'air
d'y croire, mais le prestige avait
cessé; en quittant le sallon marqueté,
leur premier soin fut de faire une
saisie sur les biens, meubles et im-
meubles qui appartenaient au jeune
prodigue; tout fut confisqué et vendu,
et de tant de richesses, il ne lui resta
que quelques bijoux de sa mère, et
un fonds de philosophie, ou plutôt
d'insouciance qui lui fit supporter sa
situation actuelle avec résignation,
et même avec une sorte de gaieté :
s'il n'avait plus d'argent, pensait-il,
il n'aurait plus de souci sur la manière
de le dépenser. Il prit son parti, se
retira dans le quartier le plus reculé
de la ville, loua, dans la plus étroite

des rues, la plus petite des chambres, où le soleil ne pénétrait jamais, et se contenta de la table, plus que frugale, de son hôtesse.

Mais que faisait Frank, enfermé toute la journée dans sa petite chambre? jamais il n'avait su faire autre chose que de dépenser son argent, et il n'en avait plus. — Il savait lire cependant, et c'était une très-belle éducation pour ces tems là; mais il n'avait point de livre parce qu'il en existait alors fort peu dans le monde; on n'écrivait guère que des discussions théologiques, ou des romans de chevalerie, et Frank n'était ni théologien ni chevalier; ses occupations se bornaient donc, à se rappeler ses plaisirs passés, à pincer assez mal quelques accords sur un luth qu'il avait sauvé du naufrage, et à faire de savantes observations météorologiques de sa fenêtre , d'où à peine pouvait-il voir le ciel : mais cette occupation lui en donna bientôt un autre qui finit par l'absorber entièrement , et ne pas lui laisser un instant de vide ou d'ennui.

Dans la rue étroite où Frank demeurait, et précisément vis-à-vis de lui, logeait une pauvre veuve, qu'on nommait dame Brigite , avec une fille unique appelée Méta , belle comme tous les anges, elle en avait l'innocence et la pureté ; jamais un instant elle n'avait quitté sa mère , et n'avait presque parlé qu'à elle. Toutes les deux gagnaient leur vie à filer , et ne perdaient pas une minute ; leur assiduité était d'autant plus méritoire que dame Brigite , du moins , n'avait pas toujours eu

besoin de cette ressource, et qu'elle
avait vu des jours plus heureux. Son
mari, le père de Méta, était assez
riche pour avoir frété un vaisseau
qui lui appartenait en propre, et
avec lequel il faisait un commerce
considérable : mais ce qui devait
l'enrichir causa sa perte ; un violent
orage le surprit en mer et submergea
le vaisseau, les trésors qu'il appor-
tait, et le propriétaire. Son épouse
apprit qu'elle avait tout perdu ; et
sans doute elle aurait succombé à sa
douleur si elle n'avait pas été mère :
ce titre soutint son courage ; Méta,
encore à son sein, réclamait ses
secours, elle résolut de vivre pour
son enfant, mais, trop fière pour
accepter ce que la compassion lui
aurait offert, elle voulut pourvoir
seule à sa subsistance et à celle de

sa fille, sans en avoir l'obligation à
personne ; elle savait filer, et ce
mince talent lui suffit. Elle vint se
loger dans une petite chambre de
la rue étroite, et là elle fila tant
et si bien, qu'à force d'assiduité et
d'économie, elle put entretenir leur
existence. — Dans ces tems-là l'éducation des demoiselles les plus hupées,
consistait à savoir coudre, filer et
faire un peu de cuisine. Dame Brigite
n'avait plus de repas à faire, ni de
ménage à diriger, moins encore de
linge à coudre, elle put donc se
consacrer uniquement à son rouet ;
elle s'y mettait dès la pointe du jour,
et ne le quittait que pour dormir
quelques heures. Dès que la petite
Méta put atteindre la quenouille,
sa mère lui apprit à en faire usage,
et leurs deux rouets tournaient sans

relâche. l'un à côté de l'autre ; l'habitude augmenta leur habileté , et
bientôt dame Brigite put joindre à
leur travail un petit commerce de
lin.

Dame Brigite espérait bien ne pas
filer toute sa vie , et retrouver, sur
ses vieux jours, son aisance passée ;
quand ses regards maternels se portaient sur sa Méta , plus brillante
qu'un beau jour de printems , plus
fraîche qu'un bouton de rose , elle
ne doutait pas que ce joli printems
n'adoucit l'hiver de sa vie, et ne le
fît ressembler à un été ; il lui paraissait impossible que tant de char-
mes et de vertus n'attirassent pas
quelque riche épouseur. Dans ces
tems reculés , sagesse et beauté
avaient autant de prix aux yeux des
hommes à marier, qu'en ont a pré-

sent naissance et richesse ; on avait ainsi bien plus de chances pour trouver un mari ; chaque père répétait à son fils, d'après son expérience, qu'une bonne et jolie femme est le meuble le plus essentiel du ménage ; chaque mère en était la preuve, et chaque jeune fille s'étudiait à la confirmer, et à devenir, comme dit le roi Salomon, une perle de grand prix qui orne la demeure de son mari.

Dame Brigite donc couvait *sa perle* des yeux, et se privait de tout pour lui donner une bonne éducation et la vêtir proprement ; convaincue, comme l'était alors toute bonne mère, que ce qu'on peut apprendre de mieux à sa fille, c'est d'aimer le travail et la retraite ; elle ne lui épargnait pas l'ouvrage, et ne la laissait sortir que pour aller tous les jours entendre la messe à l'église la plus prochaine.

Ce fut en observant le tems de sa fenêtre que Frank vit passer cette jeune fille, et qu'elle lui fit une impression qu'il n'avait point encore éprouvée ; les femmes n'étaient entrées pour rien dans ses dissipations, il n'en avait encore regardé aucune avec les yeux de l'amour et du désir ; mais l'innocente et belle Méta développa chez lui la passion la plus ardente ; il n'eut plus d'autre idée, d'autre envie, d'autre occupation que de la voir filer dans sa petite chambre avec toutes les grâces, respirer quelquefois à la fenêtre, et passer dans la rue pour sa dévotion journalière. — Ah ! combien alors il regretta amérement d'avoir prodigué aussi

follement sa fortune ! quel bonheur
il aurait eu de l'offrir à Méta, de la
partager avec Méta ! mais à présent
quel espoir pouvait-il entretenir ?
oserait-il lui proposer de partager sa
misère ? Il fallut donc se contenter
de l'admirer et de l'adorer en silence.

Mais Frank n'était pas le seul à
observer ce qui se passait dans son
voisinage, dame Brigite observait
aussi, et comprit ce qui fixait son
beau voisin à la fenêtre pendant des
journées entières ; elle le connaissait
de réputation, et savait qu'il avait
dissipé entièrement la belle fortune
que son père lui avait laissée ; et, pour
une mère aussi prudente que dame
Brigite, cette réputation devait la
faire trembler ; ce n'était pas là le
gendre qui devait laisser reposer le
rouet : il fut donc exclu de ses pro-

jets. — Mais comme elle connaissait le cœur humain, et combien ce qui est défendu acquiert de prix aux yeux d'une jeune fille, elle se tut et n'eut garde de faire part à la sienne de ses observations et de ses réflexions, et se contenta de contreminer, sans rien dire, tout ce que le beau voisin ferait pour être remarqué de Méta.

En conséquence un matin Frank, en arrivant à sa fenêtre, eut la douleur de voir un épais rideau de toile blanche fermer si exactement celle de ses voisines, que les cent yeux d'Argus n'auraient rien pu voir au travers. Il prit patience, espérant que cette contrariété était l'effet du hazard, et que le rideau s'ouvrirait d'un moment à l'autre; il ne quitta pas son poste, et de toute la journée le fatal rideau ne fut pas même en-

tr'ouvert. Il le retrouva encore le
lendemain , aussi immobile que si
c'eut été un mur. A l'heure de la
messe il eut cependant la consolation
de voir sortir Méta , mais sa mère la
suivait, et de plus , son beau visage
était couvert d'un voile aussi épais
que le rideau ; il suivit des yeux la
belle voilée et la terrible mère , il
les vit entrer dans le temple , en ressortir, et presser leurs pas pour être
plus-tôt chez elle , et derrière leur
rideau.

Frank resta consterné ; comment
parvenir à revoir Méta ? comment
parvenir à toucher son cœur ? il réfléchit et se décida à calmer tout-à-
fait les alarmes de la maman, et à ne
plus paraître à la fenêtre ; mais alors
comment saura-t-il si celle de ses
voisines s'est trouvée, et si le rideau

s'est levé ? L'amour rend ingénieux ;
une des bagues qui lui restait est
vendue, une grande glace est achetée,
et Frank, après bien des essais, la
place au fond de sa chambre, de
manière qu'elle répéte entièrement
la maison vis-à-vis. Le poste d'observation change alors de place,
Frank ne se montre plus du tout, et,
le dos tourné à sa fenêtre, et les yeux
sans cesse fixés sur la glace, il eut
enfin, au bout de quelques jours, le
bonheur d'y voir paraître la céleste
figure de Méta. Comme il l'avait prévu,
dame Brigite ne le voyant plus du
tout, crut s'être trompée, ou l'avoir
découragé, ou qu'il avait changé de
demeure ; le triste rideau qui gênait
leur travail fut levé, et la glace de
Frank lui répéta facilement ce qui
se passait chez ses voisines, et bien

mieux que la fenêtre où il n'osait
pas regarder avec autant d'attention.
Mais ce n'était pas assez, Méta l'ignorait, Méta ne se doutait pas qu'il ne
voyait qu'elle, qu'il ne songeait qu'à
elle ; comment pourra-t-il le lui
apprendre? il ne cessait d'y songer,
et crut enfin en avoir trouvé le moyen.
Son luth qui restait dans son étui depuis que Frank était occupé d'autre
chose, pouvait lui servir d'interprète.
Il le prit, l'accorda, et pinça quelques accords dans le mode *amoroso* :
il n'était pas très-habile musicien,
mais l'amour n'est-il pas le meilleur
des maîtres? en peu de tems il fit
de Frank un véritable virtuose; il
parvint à rendre, avec une égale habileté, la joie, la tristesse, l'incerti-
tude, l'espérance et toutes les nuances
de la passion. Méta paraissait-elle à

la fenêtre, le luth harmonieux exprimait l'allégresse et le bonheur; si elle y restait, les accords devenaient si tendres, si doux, si expressifs, qu'ils valaient une déclaration dans les formes, ils pénétraient au fond du cœur de la jeune fille et faisaient couler ses larmes : s'éloignait-elle? c'était l'accent de la douleur; tardait-elle à reparaître? c'était celui de l'impatience; quand la mère approchait, le luth exprimait le dépit; enfin jamais instrument n'avait parlé avec plus de précision et de clarté, au point que la belle Méta n'eut bientôt aucun doute sur ce qu'on voulait lui faire entendre, et ne fut occupée à son tour que de trouver un moyen de répondre sans parler, et elle y parvint aussi.

Bonne mère, dit-elle un jour à la

sienne, j'aime tant les fleurs et je n'en vois jamais ; puisque nous ne sortons point permettez-moi d'avoir quelques vases sur la fenêtre. Dame Brigite qui ne voyait plus aucun danger à cette complaisance, y consentit : sans doute elle entendait le luth aussi, mais non pas comme l'entendait Méta, elle crut bonnement que quelque musicien passionné de son art avait remplacé le jeune curieux dans ce logement, et ne s'occupait que de son luth : elle louait son talent, sa fille applaudissait, mais pas trop vivement pour ne donner aucun soupçon. « J'aime mieux ce joueur de luth que le jeune fainéant qui était là avant lui, disait dame Brigite, celui-ci fait au moins quelque chose, l'autre était tout le jour pendu à la fenêtre sans faire œuvre

de ses dix doigts ; il dépense son
tems en désœuvré et en prodigue ;
celui-ci cultive au moins un talent
dont il pourra tirer parti ; et sa jolie
musique nous encourage.

Méta ne répondait rien , parce
qu'elle se doutait que le beau fainéant
de la fenêtre et le joueur de luth
étaient le même individu : elle filait
en écoutant et ne quittait son rouet
que pour cultiver ses vases. Frank
les avait vu paraître dans sa glace
avec joie ; c'était un myrte et un
rosier. Méta les arrosait, les attachait,
les plaçait l'un près de l'autre , ou
les éloignait suivant les modulations
du luth : ne quittait-elle la fenêtre
que pour peu d'instans ? elle les
mettait à peu de distance ; était-ce
pour quelques heures ? ils se trouvaient aux deux bouts de la tablette;

revenait-elle ? ils se touchaient : le
luth accompagnait fidèlement tous les
mouvemens des vases, et bientôt, par
une suite d'expériences, Méta fut
convaincue que son voisin avait un
moyen de la voir, elle et ses vases,
et qu'il entendait leur langage comme
elle comprenait celui du luth. En
dînant avec son hôtesse, Frank n'avait
pas manqué de mettre la conver-
sation sur ses voisines, il avait appris
ce que nous savons déjà, et de plus
il sut que Méta avait une grande envie d'une robe neuve, et que sa mère
l'a lui avait refusée, parce que le
lin ayant manqué cette année ; il
était devenu si cher qu'elle avait été
obligée d'interrompre son commerce.

A l'instant Frank prend une des
bagues de sa mère, la porte au
jouaillier, et tout l'argent qu'il en

tire est employé pour acheter du lin ;
au moyen de quelques bonnes paroles
et d'un petit présent, il engage la
marchande à aller offrir cette provi-
sion de lin à dame Brigite fort au-
dessous de sa valeur. La bonne dame
fut enchantée de cette trouvaille,
elle paya ce qu'on lui en demandait,
le revendit le double, et le dimanche
suivant, Franck eut l'indicible plaisir
de voir dans sa glace la belle Méta
prête à sortir pour aller à l'église,
parée d'une jolie robe neuve, qui
lui allait à merveille et l'embellissait
encore ; comme on ne file pas le
dimanche, sa mère l'accompagna. Dès
que Frank supposa qu'elles avaient
dépassé la maison, il se hasarda à
s'approcher de la fenêtre pour voir
encore par derrière la jolie robe,
ou plutôt la jolie taille qu'elle faisait

ressortir avec plus d'avantage ; dans
ce moment Méta tourna la tête pour
relever sa robe , un regard rapide
jeté sur la fenêtre du voisin , qui
tenait encore son luth à la main la
convainquit qu'elle ne s'était pas trompée , et que l'observateur et le musicien étaient bien le même ; elle en
eut un vif sentiment de joie , et son
premier soin , en rentrant chez elle ,
fut de courir à ses vases. Elle s'en
occupa long-tems, et plaça le myrte
si près du rosier , qu'une belle rose
épanouie s'entrelaça dans les branches vertes du petit arbuste ; Méta
parut prendre plaisir à la voir ainsi ,
et le voisin plus encore , car, à l'instant même, le luth se fit entendre , et
tout ce qu'il exprima ne peut se
rendre par des paroles ; —mais hélas !
c'est souvent lorsqu'on est le plus

heureux qu'on touche au malheur, Frank en fit la cruelle épreuve; dame Brigite avait été si contente de son achat de lin, que, dans l'espoir d'en avoir encore, et, par reconnaissance pour celle qui le lui avait procuré, elle voulut, sur son gain, lui donner un petit régal et la fit inviter. Un bon plat de riz apprêté au lait et au sucre, une excellente soupe, un petit flacon de vin de malaga composèrent le festin et animèrent l'entretien. Dame Brigite, après le repas, demanda s'il serait possible d'avoir encore du lin au même prix ? la marchande répondit en souriant, qu'elle ne savait pas si son commettant voudrait continuer un commerce aussi désavantageux pour lui; un mot en amena un autre, et l'explication fut complète : dame Brigite apprit que le joueur de luth et le marchand de lin étaient ce même jeune prodigue dont l'assiduité à la fenêtre l'avait si fort inquiétée, et ce qu'il avait fait avec ce lin prouvait qu'il n'avait pas plus abandonné ses prétentions sur le cœur de Méta, que son voisinage. Elle regarda sa fille qui, rouge comme la belle rose entrelacée dans le myrte, baissait les yeux et jouissait en silence de ce qu'elle venait d'apprendre, mais elle aurait voulu être seule à le savoir. De son côté dame Brigite s'affligeait aussi de n'être pas seule dans la confidence. Elle exhala avec force son courroux contre le jeune prodigue et séducteur, comme elle l'appela plus de cinquante fois ; mais elle ne s'en tint pas là. Malgré les pleurs de Méta, la jolie robe fut revendue, l'argent

qu'elle en tira fut soigneusement en-
veloppé avec ce qui restait de la
vente du lin, et mis à l'adresse de
Frank avec le timbre d'Hambourg.
Il le reçut, crut que quelque ancien
débiteur de son père lui faisait une
restitution, bénit le ciel de ce secours
inespéré, et courut à sa glace pour
ajouter, à ce bonheur, celui, bien
plus grand, de revoir sa Méta, mais
hélas ! il ne vit que le rideau maudit,
hermétiquement fermé, et plus épais,
à ce qu'il lui parut, que la première
fois ; mais les vases étaient en dehors ;
la pénétration de dame Brigite n'avait
pas été jusque là, la belle rose brillait encore au milieu du myrte, et
cette vue redonna un peu d'espoir
au triste amoureux ; il faudra bien
qu'on les soigne ; il attend, il regarde sans cesse. Sur le soir le rideau

s'entr'ouvre, son cœur palpite, il
avance plus près de la glace, et voit
la main sèche de dame Brigite séparer impitoyablement les deux vases,
et les rentrer l'un après l'autre dans
la chambre; mais l'amour lui devait
un peu de consolation; il aperçut
Méta derrière sa mère, et vit couler,
sur sa joue, des larmes qu'elle essuyait
avec sa jolie main : à l'instant il pré-
lude des accords mêlés de douleur
et de joie; et cette fois ils furent si
expressifs, si touchans, que ceux qui
passaient dans la rue s'arrêtèrent sous
les fenêtres. Dame Brigite les entendit aussi, et ne s'y trompa plus;
elle se rappela que le goût de sa fille
pour les fleurs avait suivi de près la
musique du luth, et, en combinant
ce qu'elle savait avec ce qui s'était
passé, elle devina assez juste leur

muette intelligence, et prit tout d'un coup son parti de s'éloigner d'un si dangereux voisinage.

Le lendemain Frank, à son réveil, eut le court et vif plaisir de pénétrer dans son miroir jusqu'au fond de la chambre de Méta ; plus de rideau, plus de mère, plus d'obstacles, mais aussi plus de Méta, plus de rouets, plus de myrte, plus de roses, plus d'espoir, tout avait disparu. Il descend, il s'informe, et il apprend que ses voisines ont déménagé pendant la nuit, et sont allées loger ailleurs : la pauvre Méta regrettait beaucoup ce quartier, lui dit la femme qui les logeait, elle pleurait à fendre le cœur en partant. — Et vous ignorez où elles sont à présent ? — Je n'en sais pas le mot, ni personne au monde. Dame Brigite sortit hier, puis revint avec des portefaix inconnus, fit tout emporter, me paya et m'a quittée ce bon matin; Dieu sait où elles sont allées.

Le premier moment fut pour le désespoir, le second pour former de nouveaux projets. Si elles sont restées à Brême, je les retrouverai, pensa-t-il : il se rappelle la piété de Méta, sa régularité à entendre la messe tous les matins, et le voilà qui court d'église en église, n'ayant presque plus d'autre habitation. Si l'amour peut donner des talens, il peut aussi rendre dévot : Frank ne manquait pas, dès qu'il entrait dans une église, de se jeter à genoux, et de prier le ciel de lui rendre sa Méta. Un jour que sa prière avait été sans doute plus fervente, il se relève, promène ses regards, comme à l'or-

dinaire, sur tout l'auditoire, et voit,
à quelque distance de lui, une jeune
personne agenouillée.... c'était elle,
c'était Méta, priant aussi de tout son
cœur pour entendre encore le luth
de son voisin. Elle s'est relevée, elle
l'a vu, elle a rencontré son regard
attaché sur elle, elle a baissé les
siens avec une douce rougeur; elle
reprend lentement le chemin de sa
nouvelle demeure., pendant que
Frank, timide et respectueux comme
les jeunes et vrais amans le sont toujours, la suit sans oser l'aborder,
craignant d'être aperçu par dame
Brigite, et qu'elle n'amenât si loin
Méta, qu'il ne pût la retrouver; il
se cacha donc du mieux qu'il put à
ce redoutable Argus, et certes ce ne
fut pas sans peine. Pour ne pas perdre trop de tems, elle n'accompagnait

pas toujours sa fille à l'église, mais elle la veillait quand Méta y allait et en revenait : Frank fut donc obligé de se contenter de lui voir faire ses prières, et d'espérer qu'il y entrait pour quelque chose. Il ne se trompait pas : Méta qui rencontrait toujours ses yeux attachés sur elle, qui trouvait qu'ils parlaient comme le luth, aimait tous les jours davantage son discret amoureux, et bientôt ses yeux lui répondirent dans le même langage.

Frank n'était pas le seul qui regardât Méta et qui la trouvât belle. Un jeune brasseur de bière, fort bien dans ses affaires, fort en train de se marier, voyait aussi passer Méta lorsqu'elle allait à l'église et qu'elle en revenait ; à chaque fois il lui trouvait toujours quelque qualité

de plus à être à la tête de son ménage;
comme elle a l'air modeste, économe,
rangée! comme elle est belle! comme
elle le sera plus encore avec les belles
robes que je lui donnerai! comme
elle est pieuse! comme elle attirera
la bénédiction du ciel sur mon commerce de bière! comme je serai heureux de la retrouver le soir et d'en
boire avec elle! comme...! comme...!
Enfin le résultat de tous ces points
d'admiration, fut que le jeune brasseur, pour être plus sûr de son fait,
commença par vouer un beau cierge
à son patron St. Christophe, s'il réussissait dans son entreprise; puis il
mit son plus bel habit, et dès qu'il
eut vu Méta passer seule pour aller
à la messe, il fut parler à dame Brigite. Il arrive, et, suivant l'usage de
ces tems, il demande respectueuse-

ment à la mère la main de sa fille ;
et lui détaille tous ses droits pour
l'obtenir ; belle brasserie, et belle
maison à la ville ; belle plantation de
houblons, et beaux jardins au-de-
hors ; belle fortune bien solide, et
qui s'augmente chaque jour ; belles
robes, belles dentelles et beaux
joyaux pour la future et pour la
mère. Les petits yeux de dame Brigite pétillaient de toutes ces belles
choses, et d'avoir une fille assez belle
pour les mériter. Voilà donc enfin
sa chimère réalisée ; voilà ce gendre
qui doit lui rendre son aisance passée,
et, ce qui l'enchantait plus encore,
c'est qu'il devait plaire à sa fille pour
le moins autant qu'à elle ; il n'avait
pas trente ans, il était beau, bienfait,
et avait l'air si noble, et passait pour
être si riche, qu'il n'était connu de

toute la ville que sous le nom du
Roi des Houblons, et que toutes
les mères qui avaient des filles à
marier, le saluaient tout bas quand il
passait, en désirant qu'il devînt leur
gendre.

Dame Brigite, bien fière de son
choix, ne doutant pas du succès, jeta
un coup-d'œil de dédain sur son rouet,
qui va devenir un meuble inutile,
puis un de reconnaissance sur le riche
brasseur ; elle aurait bien voulu l'accepter tout de suite et lui présenter
Méta comme son épouse au retour
de la messe ; mais la décence et l'u-
sage exigeaient qu'elle demandât
huit jours de réflexion ; elle lui promit qu'au bout de ce tems elle lui
donnerait une réponse positive, et
sans doute favorable, ajouta-t-elle
en lui tendant la main, et serrant

affectueusement la sienne. Le roi
des houblons se retira le cœur plein
d'espérance, et sa jolie future rentra
le cœur plein d'amour.... pour Frank
Melchelson. Elle l'avait trouvé à son
poste, la regardant plus tendrement,
plus passionnément encore qu'à l'ordinaire, et comme la maman qui
recevait la visite du roi des houblons
n'était ni sur la porte, ni à la fenêtre,
il s'était hasardé à la suivre quelques
pas ; au moment où elle rentrait chez
elle, en retournant la tête pour voir
s'il était là, il posa une main sur son
cœur, il éleva l'autre au ciel; et Méta
expliqua si bien ce signe, que de ce
moment là elle se crut engagée avec
lui à la vie et à la mort, et lui jura
intérieurement fidélité éternelle.

En rentrant à la maison elle fut
frappée de l'ordre qu'elle vit dans la

chambre , on aurait dit que c'était un jour de fête ; plus de rouets , plus de quenouilles , plus de paquets de lin pendus au plafond ; dame Brigite s'était hâtée de porter au galetas tous ses instrumens de travail, et jouissait de la douce oisiveté dans laquelle vivrait la belle-mère du roi des houblons. A peine donna-t-elle à Méta, le tems de s'étonner, qu'elle lui conta vivement la bonne fortune et le mari que le ciel lui envoyait , sans avoir le moindre doute d'un refus. Qu'on juge donc de sa surprise, quand Méta, changeant rapidement de couleur, eut à peine la force d'articuler : non, jamais, plutôt mourir !.... et tomba, en effet , comme morte aux pieds de sa mère.

Depuis le jour fatal où dame Brigite apprit le naufrage de son mari, elle n'avait rien éprouvé de semblable ; voir sa fille unique , sa seule espérance, prête à mourir, peut-être même déjà morte, fut pour elle un coup si affreux qu'elle faillit à en perdre la raison. Méta, à force de soins , reprit cependant ses sens, et, voyant le désespoir de sa mère , fit tout ce qu'elle put pour la consoler, à l'exception pourtant de lui promettre d'épouser le roi des houblons ; le moindre mot qui avait rapport à ce mariage, la faisait retomber dans le même état : sa mère s'y accoutuma , et dès que Méta reprenait ses sens , elle recommençait les exhortations et la peinture du bonheur parfait qui les attendait dans le royaume des houblons. Enfin Méta, sans cesse persécutée, succomba tout-à-fait sous le poids du chagrin, de ses nuits sans sommeil, de son amour sans espoir, de tout ce qui fait tant de mal aux jeunes filles dont le cœur s'est donné. Une fièvre ardente se déclara, et le septième jour elle demanda les derniers sacremens, et prit congé de sa mère désespérée, qui se repentait alors mortellement d'avoir jamais parlé du roi des houblons, et maudissait le jour où elle l'avait vu. Elle voulut encore essayer du seul moyen qui lui restait, et, s'approchant de la pauvre mourante, elle lui dit que si elle revenait à la vie, elle lui donnait sa parole de renvoyer le roi des houblons et de ne plus lui parler de ce mariage. Les yeux éteints de Méta se ranimèrent, une faible rougeur reparut sur ses joues décolorées, elle serra doucement la main de sa mère, lui sourit, et dès le même soir elle

se trouva mieux. Le lendemain sa
Majesté Houblone vint en habit de
gala chercher sa favorable réponse,
ne se doutant pas de la maladie de
sa future ; la mère le reçut, et le
refusa positivement, mais d'un ton
si doux, si poli, si triste, et lui exprima tant de chagrin et de regrets,
qu'il fut tenté de la remercier.

Méta se rétablit en peu de tems,
le roses reparurent tout-à-fait sur son
charmant visage, ses yeux reprirent
tout leur éclat, et la première chose
qu'ils eurent le plaisir de voir, ce fut
le roi des houblons passer devant ses
fenêtres, avec une grande et belle
femme qu'il venait d'épouser, et tout
un train superbe de noce. Dame Brigite soupira profondément, Méta
devint entièrement tranquille, les
époux avaient l'air fort joyeux,

St. Christophe eut son cierge, les rouets redescendirent du galetas et recommencèrent à tourner; Méta et Frank ne manquèrent pas une messe, se regardaient beaucoup, ne se parlaient point, et s'aimaient tous les jours davantage. Dame Brigite seule ne filait plus d'aussi bon cœur qu'autrefois, et disait assez souvent en soupirant: ah! Méta, la belle noce que celle de ce roi des houblons!... si c'était toi... si.... tu avais été l'épouse.... Méta souriait, embrassait sa mère, et lui promettait un gendre plus aimable et plus riche, et pensait à son pauvre Frank, dont elle aurait voulu partager la misère.

Frank, de son côté, commençait à raisonner avec lui-même; les tendres regards qu'il jetait sur Méta, ceux qu'il recevait d'elle, leur amour

muet, leurs prières, leurs messes
n'avançaient point ses affaires : il savait qu'il lui était inutile de se présenter chez dame Brigite avec le peu
d'argent qu'il avait; à peine lui en
restait-il pour vivre un mois; il fallait absolument prendre un parti, et
il se décida, avec bien de la peine, à
quitter Brême et Méta pour quelque
tems, avec l'espoir d'y revenir bientôt dans une meilleure situation. Il
savait que feu son père, qui avait
des fonds partout, traitait d'affaires
de commerce avec différens négocians d'Anvers, dont il avait les billets; ils avaient paru si mauvais aux
créanciers de Frank lors de sa déca-
dence, qu'on les lui avait aban-
donnés; il les jeta au fond d'un
tiroir, et n'y avait pas pensé jusqu'à
ce moment; à force de chercher une

ressource, celle-là se présente à lui.
Il court à ses billets, et bâtit là-
dessus mille châteaux en Espagne. Il
était impossible, pensait-il, que dans
le nombre de ses créanciers d'Anvers, quelques-uns n'eussent pas fait
fortune, et ne fussent pas assez honnêtes gens pour acquitter leurs dettes :
quel bonheur alors de venir payer
celle de l'amour, et déposer aux
pieds de Méta et de sa mère sa nouvelle fortune ! Plein des plus douces
espérances, il veut partir le lendemain, mais que va penser Méta en
ne le retrouvant pas à l'église ? elle
va croire qu'il l'a abandonnée, qu'il
est mort peut-être ! Et comme on
est rarement fidèle à un amant vo-
lage, ou à un amant qui n'est plus,
il pourrait bien à son retour la trouver mariée. Comment parer à cet

inconvénient ? l'amour toujours ingénieux lui en fournit le moyen. Il prit
la moitié de l'argent qui lui restait
pour son voyage, et le portant au
prêtre qui desservait l'église de la
paroisse de Méta, il en fit une fon-
dation pour faire dire tous les jours
à la messe, une prière pour le succès
du voyage de Frank Melchelson, et
pour son prompt retour dans sa patrie. Ce moyen eut son effet; le jour
même du départ Méta entendit cette
prière et la répéta avec ferveur.

Pendant que Méta aime, prie,
espère, et file en attendant le jeune
voyageur, il cheminait tristement à
pied du côté d'Anvers, abrégeant sa
route par les plus douces chimères,
pensant au bonheur parfait qui l'attendait au retour avec sa chère Méta,
et se promettant plus d'économie à

l'avenir qu'il n'en avait eu au passé ;
il commençait cette étude en voya-
geant avec le moins de dépense possible, ne s'arrêtant que dans les plus
mauvaises auberges, faisant maigre
chère, et ne songeant qu'à arriver
pour revenir plus-tôt.

On ne voyageait guère dans ces
tems-là sans rencontrer quelque aven-
ture périlleuse ; les grandes routes
n'étaient pas ce qu'elles sont à présent ; les bois étaient remplis de bri-
gands, et les châteaux de seigneurs
suzerains, qui ne valaient pas mieux;
le diable même tourmentait de tems
en tems les pauvres voyageurs (*).

(*) Dans Muzéus, de qui ce conte est
imité, Frank a une longue et ridicule aven-
ture de revenans dans un château ; comme
elle n'ajoute rien à l'intérêt, le traducteur
a préféré de la retrancher.

cependânt le nôtre , grâce à sa pauvreté , arriva sain et sauf aux portes
d'Anvers , sans qu'il lui fût rien sur-
venu d'extraordinaire. En entrant
dans la ville il fut frappé de l'air de
richesse et d'activité du peuple, des
bonnes maisons, des beaux quartiers,
de l'affluence des comestibles , enfin
de tout ce qui annonce l'aisance et
le bonheur : oh ! pensa-t-il avec joie,
mon bon ange m'a bien inspiré ; c'est
ici, sans doute, que je vais retrouver
ma fortune et le moyen de m'unir
avec Méta. Plein de joie et d'espoir,
il entra dans la meilleure auberge ;
ce n'était pas le moment d'épargner,
le lendemain il aura tant d'argent : il
mangea à table d'hôte, et là il prit
des informations sur les créanciers
de son père ; la plupart étaient riches,
et tous passaient pour les plus hon-

nêtes gens du monde. Franck demande une bouteille du meilleur vin
et la vide à leur santé avec ceux qui
lui donnaient ces bonnes nouvelles ;
il se fait donner une bonne chambre,
et s'endort avec les rêves les plus
agréables.

S'il faut quelquefois croire aux
songes il faut aussi s'en défier, et
voilà ce qui rend cette croyance in-
certaine et dangereuse. Frank ne s'en
défia point, et dès le lendemain se
présenta à la porte d'un de ses débi-
teurs, et de là successivement chez
tous les autres ; chez l'un on reconnaît la légitimité de la dette, mais on
nie qu'il soit vraiment le fils du créan-
cier, et on parle de le faire arrêter
comme aventurier ; chez un autre le
billet même est nié ainsi que sa signa-
ture, et il est question de le mener

en prison comme faussaire ; un troisième avoue la dette , reconnaît
Frank , lui fait mille caresses , l'in-
vite à dîner ; au sortir de table l'em-
mène dans son cabinet , ouvre son
bureau , en sort une longue note de
frais de commission , d'intérêts de
l'intérêt , etc. etc. au moyen de laquelle Frank , tout déduit , lui rede-
vait une somme assez considérable ,
et , sur son refus de la payer , celui-
là ne se tenant pas à la menace , le
fait conduire en prison. Pour le
coup le malheureux jeune homme se
crut tout-à-fait perdu et s'abandonna
au désespoir ; c'est donc là où l'ont
conduit ses chimériques espérances !
c'est entre quatre murs , c'est loin
de Méta qu'il doit finir ses jours !
Il veut prendre son couteau pour
les terminer à l'instant même , mais,

suivant la coutume, on avait vidé ses
poches, et on ne lui en donna point
pour couper le morceau de pain noir
qui faisait son ordinaire. Eh bien ! il
ne le mangera pas, ce triste pain, et la
faim terminera ses malheurs. Il tint
bon deux jours entiers, mais à la fin
du second, il saisit avec rage le morceau que le geolier avait laissé près
de lui , et ne pût résister à l'avaler
même avec une sorte de plaisir ; tant
il est vrai que (quoique nous puisse
dicter le désespoir) l'on tient à la vie
quand on est jeune , amoureux et
aimé: Depuis cet essai il n'en fit
plus pour mourir, il se résigna à son
sort, pensa à Méta , songea à Méta ,
et, par la force de l'imagination, fut
souvent heureux dans sa prison.

Comme il avait du tems de reste
pour penser , il promenait aussi ses

souvenirs sur sa première jeunesse,
sur son père, sur les trésors que ce
père avait amassés, et qui avaient été
si follement prodigués : ah ! pensait-
il avec douleur, si j'avais seulement
encore, ou notre maison, avec le plancher d'écus, ou le jardin avec quelques monstres d'or, je saurais où
recevoir ma Méta, je pourrais la
rendre heureuse. Il s'endormit avec
cette idée, et fit un songe qui le
frappa extrêmement. Il lui semblait
qu'il était encore enfant, et dans le
jardin avec son père ; il le voyait
creuser une fosse au pied d'un arbre,
et y enterrer des sommes considé-
rables. Tiens, lui disait le vieux Melchior en y jetant encore un énorme
sac de doublons, voilà pour le moment de ta détresse, et de quoi
acheter une femme économe et sage,

Quand tu trouveras ceci, pries pour l'ame de ton père. Frank fit à peu près le même songe plusieurs nuits de suite, ce qui n'est pas étonnant, puisqu'il y pensait tout le jour. A force de penser le jour et de rêver la nuit, il demeura enfin convaincu de la réalité du trésor ; et le désespoir de sa position en augmenta. A quoi lui servirait ce trésor dans les prisons d'Anvers ? A quoi lui servirait-il s'il pouvait en sortir, et qu'il trouvât Méta mariée ? Ne se lasserait-elle pas de prier et d'attendre le jeune voyageur qui ne revenait point ? Ce mauvais songe prit quelquefois la place du songe au trésor, qui revenait cependant toujours avec des circonstances plus frappantes.

Enfin le ciel eut pitié de Frank, et toucha le cœur du méchant qui le

retenait en prison. Convaincu que ce
jeune homme ne lui donnerait jamais
rien, lassé de son chétif entretien,
on le relâcha sous la condition de
quitter Anvers dans vingt - quatre
heures; on lui donna cinq écus et
on lui ouvrit les portes de la prison.
Il ne se fit pas répéter l'ordre de
quitter une ville qu'il trouvait aussi
affreuse qu'elle lui avait paru belle
en y entrant, et, reprenant le même
chemin qu'il avait déjà fait une fois,
il vola, plutôt qu'il ne marcha, du
côté de sa chère patrie. Plus d'une
année s'était écoulée depuis qu'il avait
quitté Brême; que de choses pou-
vaient être arrivées! Il veut d'abord
s'assurer de l'existence du premier
de ses trésors, de celui sans lequel
l'autre lui devenait inutile. Dès qu'il
est arrivé il court à la petite rue, il

retrouve sa bonne hôtesse, qui l'aimait, le revit avec joie, et lui rendit
sa petite chambre qui se trouvait
vacante ; mais ce qui le toucha le
plus, fut d'apprendre d'elle, que sa
chère Méta file toujours à côté de
sa mère, n'a point voulu se marier,
et ne manque pas une messe.

Rassuré sur ce point si nécessaire
à son bonheur, il s'occupe de ce qui
doit l'assurer ; il ne lui restait plus
au monde qu'un écu ; c'était assez
pour acheter une pêle. Dès que mi-
nuit a sonné il s'achemine au jardin
dont il connaissait bien la route ; il
monte avec émotion les marches qui
y conduisaient, et fut droit à l'arbre
indiqué dans le songe ; c'était un
cerisier sur lequel, étant petit garçon,
il avait souvent grimpé pour manger
des cerises ; à côté était un beau

rosier tout en fleur : il se rappela le
vase de Méta, et cela lui parut d'un
bon augure. Ce cerisier était placé
dans l'endroit le plus retiré du jardin ;
la lune donnait en plein , comme
pour éclairer sa trouvaille dont il
ne se permettait pas de douter. Il
creuse au pied du cerisier , et ne
trouve que les racines de l'arbre ; il
ne se décourage pas , et s'approche
plus près du rosier ; bientôt la pêle
heurte et rencontre du fer ; il s'encourage , creuse encore autour de
l'obstacle , et découvre enfin entièrement une assez grande caisse ; elle
était si pesante qu'il eut grand' peine
à la soulever un peu pour chercher
si la clef n'était pas dessous ; il glisse
une main , tandis que de l'autre il
tient la pêle qui soulève la caisse , il
glisse et trouve en effet une clef,

mais si noire, si rouillée, qu'il dé-
sespère d'en faire usage; il essaye
cependant, il invoque l'amour, il
invoque son père, et, après quelques
efforts, il parvient à la faire tourner.
Il lève le couvercle, et reste en
extase devant la quantité de pièces
d'or de toute espèce qui s'offrent à
ses yeux. Au-dessus est un papier,
il le prend et reconnaît la main de
son père; il tombe à genoux, et, à
la douce clarté de l'astre des amans,
il lit ce qui suit.

» J'ai dans l'esprit, mon fils, que,
» loin d'ajouter à mes richesses, tu
» les dissiperas. Je ne te trouve pas
» aussi économe que je le voudrais.
» J'espère au moins que tu ne vendras
» jamais ce jardin que j'aime et que
» j'ai pris plaisir à orner : outre les
» richesses de ses ornemens, je veux

» y enterrer un trésor sous ton ceri-
» sier, pour que tu le retrouves dans
» l'adversité. Lorsque tu seras de-
» venu pauvre et sage, je t'apparaî-
» trai en songe pour te dire l'endroit
» où tu le trouveras; dès que tu l'auras
» trouvé, prie Dieu pour mon ame,
» fais profiter ton argent honnête-
» ment, et, si tu n'es pas marié,
» cherche tout de suite une femme
» honnête et sage.

Ton père, MELCHIOR.

J'entends les incrédules de toute
espèce, et le ciel sait qu'il n'en manque pas, crier au conte, à l'invrai-
semblance, lever les épaules, et
reléguer la très-véridique histoire de
Frank et de Méta avec les fables de
la légende, les contes de sorciers,
de revenans, etc. etc. et n'y prendre

plus aucun intérêt. Ceux qui ne
croyent rien , n'auront garde de
croire qu'un songe arrive ainsi à point
nommé , et se vérifie avec autant
d'exactitude , mais ceux qui croyent
que le monde et les créatures qui
l'habitent ont été formés par des
combinaisons fortuites du hazard ,
seront plus indulgens ; ils convien-
dront , j'espère , qu'un père avare
qui enterre un trésor, et un fils amoureux et pauvre qui rêve à un trésor
enterré , sont des jeux du hazard
moins extraordinaires que tous ceux
qu'ils supposent. Pour nous , simples
et bonnes gens , qui croyons que rien
n'est impossible à celui qui peut tout,
nous sommes convaincus que le songe
de Frank lui fut envoyé par la bonne
providence. Au moment où Melchior
fut près d'expirer , il craignit sans

doute de ne pas obtenir la permission d'avertir son fils, il fit des efforts
inutiles pour lui parler, et ce fut
encore le bon ange de Frank qui
l'en empêcha, car il y a grande apparence que le trésor aurait pris le
chemin du reste, à présent il va faire
le bonheur de son possesseur. Quoique le jardin appartînt à un autre,
il n'en pensa pas moins, vû l'écrit de
son père, que le trésor lui appartenait de plein droit, et il se mit en
devoir de le transporter. Il commença cependant par remercier son
père à genoux, et lui promettre
obéissance pour ses injonctions fu-
tures. Il y ajouta la promesse de
racheter, à tout prix, le jardin qu'il
avait aimé, et qu'il se repentait beaucoup d'avoir vendu ; et voilà comme
les pères se trompent souvent lors-

qu'ils s'imaginent que leurs héritiers aimeront les propriétés qu'ils ont chéries et arrangées avec soin ; chacun veut disposer pour soi, et, au grand remords de Frank, ce jardin était une des premières choses qu'il avait vendues. Il était impossible d'emporter la caisse, parce qu'elle était immense et aurait fait un trop grand vide dans la place qu'elle occupait ; il en tira tout l'or qu'elle renfermait, et un grand saule creux dans la prairie voisine en fut le dépositaire. Il remit la terre sur la caisse vide, la nivela si bien qu'il ne paraissait pas qu'elle eut été remuée, et cette même nuit, il fit deux ou trois voyages du saule à la rue étroite ; le lendemain il en fit autant ; dans trois jours le trésor entier était dans sa chambre : alors il forma son plan,

et commença à l'exécuter. Il fut
d'abord chez le prêtre à qui il avait
donné une petite somme pour dire
une prière pour le succès de son
voyage, et il donna le double pour
en dire une d'action de grâce, pour
le jeune voyageur revenu dans sa
patrie et ayant réussi dans son entreprise. Après avoir ainsi tranquillisé
Méta tout aussi discrétement qu'il
l'avait aimée, il fut à la bourse, s'annonça comme ayant des fonds, et
l'intention de les faire valoir et d'é-
tablir une grande maison de banque.
De là il fut acheter une belle maison,
et donna des ordres pour qu'elle fut
meublée avec toute la magnificence
de ces tems-là. Il s'y établit et reçut
à sa table des négocians accrédités,
des magistrats respectables, peu de
jeunes gens, pas un seul flatteur, et

renvoya surtout avec soin les vils parasites, qui commencèrent à assiéger sa porte dès qu'il fut redevenu riche. A présent Frank sait comment l'argent peut rendre vraiment heureux, et s'il tarde à s'assurer ce bonheur, c'est pour le rendre plus vif encore.

Et notre Méta, notre tendre, belle et simple Méta, que fait-elle? que pense-t-elle? Méta file et pleure, car elle a su par la prière, et puis par le bruit de la ville, que Frank Melkelson est redevenu aussi riche qu'il l'a jamais été. Méta qui ne le rencontre plus, qui ne voit plus à l'église ses yeux pleins d'amour se fixer sur elle, regrette amérement sa pauvreté, et maudit les richesses qui changent ainsi le cœur des hommes.

Peu de tems après une voisine

leur apprend que le jeune Frank fait
meubler un superbe appartement
pour une épouse qu'il attend d'Anvers; car on ne parlait d'autre chose
à Brême que de Franc Melkelson et
de sa nouvelle fortune; Méta pâlit
et sent son cœur défaillir. La voisine
sort, Méta tombe dans les bras de
sa mère, et lui conte tout ce qui
s'est passé dans son cœur depuis
qu'elle a vu Frank, et le désespoir qui
s'est emparé d'elle depuis qu'elle est
sûre qu'il ne l'aime plus. Dame Brigite
pleure avec sa fille, et ne sait que
lui dire pour la consoler : si tu avais
accepté le roi des houblons, lui dit-
elle; celui-là te voulait bien quoiqu'il fusse riche aussi; mais tu as
manqué ton bonheur, et le bonheur
te manque à présent. Méta ne répon-

dait rien , elle sentit que sa mère
n'avait pas les mêmes notions qu'elle
sur le bonheur. Ah ! ce n'était ni un
mari , ni des richesses que Méta regrettait , c'était Frank , c'était cet
amour si tendre , si discret , si respectueux qu'elle avait cru lui avoir
inspiré , et qu'elle partageait de toute
son ame ; de bon cœur elle aurait
renoncé à tout établissement , pour
entendre encore, en filant à côté de
sa mère , le luth qui lui disait tant
de choses.

Occupée de ces tristes pensées ,
son rouet tournait machinalement ,
et le fil qui passait dans ses doigts
était mouillé de ses larmes. Dame
Brigite cherchait à l'égayer ; console-
toi, lui disait-elle, c'est tant pis pour
lui s'il n'aime plus ma jolie Méta :
A présent qu'il va se marier et qu'il

ne pense plus à toi ; je te laisserai
sortir sans crainte un peu plus ; et tu
trouveras bien à le remplacer, si tu
continues à être sage et à bien filer.
Elle lui chantait alors, de sa voix
tremblante, le refrein de la chanson
des fileuses de Brême.

File ma petite,
File bien et vite,
Rouet tournera
Fil s'alongera,
Toile s'ourdira,
Epouseur viendra,
Viendra tout de suite,
Bientôt choisira,
Vite épousera,
Toujours aimera
Gentille petite
Qui bien filera,
File, etc. etc. etc.

En finissant, dame Brigite entendit
dans la rue le son d'un instrument

qui accompagnait son chant ; surprise, elle s'arrête et court à la fenêtre. Méta n'avait pas besoin d'y courir pour savoir ce que c'était ; dès les premiers sons elle avait reconnu le luth de Frank, et son émotion est telle qu'il lui serait impossible de se lever. Mais le luth a cessé, le joueur a demandé à dame Brigite la permission de monter. Elle lui est accordée. L'instant d'après Méta voit entrer Frank paré comme un jeune époux, et rayonnant d'amour et de bonheur : chère Méta, lui dit-il, c'est devant votre mère que je viens enfin mettre des paroles aux airs de mon luth, vous dire pour la première fois que je vous aime, et vous demander votre aveu pour obtenir d'elle votre main. Méta la lui tendit, et lui dit avec la naïveté qui la distinguait : « elle est à vous comme mon cœur, ma mère sait tout. »

Frank, transporté de joie, fit sa demande en forme à dame Brigite, qui, rigide observatrice des usages, allait demander huit jours de réflexion, mais un regard suppliant de Méta la désarma, et ce fut le jour des noces qui fut fixé à la huitaine. Frank leur raconta toute son histoire, et dame Brigite, qui croyait aux songes comme à l'Evangile, la trouva superbe, et lui raconta en échange une foule de rêves bisarres qui tous signifiaient qu'il deviendrait riche, et qu'il épouserait sa fille. Frank leur dit qu'il n'avait retardé ce moment que pour ranger sa maison, et l'appartement de sa femme et de sa belle mère, et que tout était prêt pour les recevoir. Méta, à son tour, conta

ses douleurs quand elle l'avait cru
infidèle. Dame Brigite chanta encore :
Epouseur viendra, etc. etc. et con-
clut que les chansons et les songes
ont toujours raison.

Dès le lendemain matin, les rouets
et les dévidoirs avaient fait place aux
étoffes de soie et de brocard, aux
chaînes d'or, aux rangs de perles
fines, aux dentelles à grands ramages,
aux toques de velours, aux jouail-
liers, aux tailleurs, aux marchands
de toute espèce ; la taille svelte de
Méta et la taille courbée de dame
Brigite furent mesurées tour-à-tour,
et puis ornées de superbes robes.
Quand tout fut prêt, ils allèrent en
pompe à l'église où l'amour muet
avait si bien joué son rôle; l'amour
heureux ne fut pas moins éloquent.
Frank les conduisit ensuite dans sa

belle maison, et ils s'y aimèrent toujours autant que lorsqu'ils logeaient
dans la rue étroite. Ce fut le meilleur
ménage de Brême, et dame Brigite
devint la plus heureuse des mères
et des grands mères. Frank ne man-
qua pas de racheter, à tout prix, le
jardin de son père, et de mettre sur
la place du trésor un beau monument
à la mémoire du prévoyant Melchior.
Tous les ans, à l'anniversaire du jour
où il l'avait trouvé, il y menait sa
femme et ses enfans, et leur racontait son histoire dont la tradition
s'est ainsi conservée à Brême, où
l'on montre à tous les voyageurs le
monument du songe et du trésor.

~~~~~~~~~~~~~~~~~~~~~~~~~~~

ONZIEME NOUVELLE.

~~~~~~~~~~

L'AVALANCHE

OU LE

CENTENAIRE DES ALPES,

ancienne anecdote suisse.

J'AI fait cet été un voyage en Suisse, et j'ai visité tous les glaciers des Alpes ; je ne prétends point ajouter une description de ces contrées pittoresques à toutes celles qui ont paru. Je ne parlerai de mon voyage que pour raconter une ancienne hisroire, qui intéressera quelques instans, et qui ne sera peut-être pas tout-à-fait inutile aux voisins de ces imposantes et redoutables merveilles de la nature.

Le guide que j'avais pris était un
jeune pâtre, agile, courageux, con-
naissant tous les pics, tous les glaciers, aussi bien que le chamois qu'il
poursuivait ; mais naïf, ignorant, et
ne comprenant pas trop la curiosité
qui nous attirait dans des lieux où
l'habitude ne lui faisait rien trouver
d'extraordinaire que les dangers dont
on était environné. Quelquefois, au
milieu d'un vallon dévasté, où l'on
ne voyait plus que des rocs dispersés
et amoncelés, ou des glaces éter-
nelles, il me disait avec un soupir :
voilà où il y avait jadis un beau village ; toute cette partie de la montagne tomba tout-à-coup dessus et
l'anéantit à jamais. Là , c'était un
hameau entier qui avait été enseveli
sous les neiges descendues avec fra-
cas. Ici la terrible avalanche avait

englouti d'immenses troupeaux avec
leurs conducteurs. Partout il me montrait des traces de destruction, qu'a-
vaient laissées ces terribles fléaux
qui menacent sans cesse le paisible
habitant de ces contrées.

— Mais comment est-il possible,
lui dis-je, que l'expérience de tant
de siécles et de tant de malheurs ne
vous ait pas appris à les éviter; non
pas en quittant un pays que vous
aimez, mais en éloignant un peu plus
vos demeures du danger, et surtout
en sachant prévoir à l'avance la chûte
des neiges ou de portions de montagnes, par quelques observations?

—Vous avez bien raison, monsieur,
me dit le jeune guide, il faudrait que
nous eussions tous l'âge et l'esprit
du vieux berger de la montagne;
mais tout le monde ne vit pas jusqu'à

cent ans, et n'en sait pas autant que
lui ; il savait toujours quand les neiges
tomberaient et à quelle place. Si on
avait voulu le croire, il aurait sauvé
bien du monde. Si monsieur était
curieux de lire son histoire et celle
de la belle Hildegarde ?

— Très-curieux, mon ami, où la
trouve-t-on ?

— Chez notre curé : il a déterré
cela dans nos archives, et il l'a arrangée en bon allemand, de manière
qu'on peut la comprendre ; car avant
il fallait être aussi savant que Nostra-
damus pour pouvoir la lire, mais
notre curé est un habile homme,
qui vous a déchiffré cela comme le
latin de sa messe.

— Je logeais précisément chez ce
bon curé ; le soir même je lui parlai
du vieux berger et de la belle Hil-

degarde , et je lui demandai leur
histoire qu'il me donna tout de suite.
Les jours suivans la pluie me retint
au presbytère, et, pour passer le tems,
je traduisis en français cette ancienne
chronique.

Hildegarde vivait dans la cabane
de ses parens , située au pied des
Alpes; des gens honnêtes et simples
l'entouraient. Le père Conrad avait,
dans sa jeunesse , servi l'Empereur
Rodolphe en qualité d'Ecuyer. Sa
femme Elisabeth avait aussi été éle-
vée dans cette même cabane , ainsi
que Hildegarde ; elle avait été fille
unique et chérie de ses parens.

Hildegarde avait dix-huit ans , son
père en avait soixante , et sa mère
pas encore quarante ; cette différence
d'âge , entre les deux époux, offrait,

pour cette contrée et pour ces tems-
là, quelque chose de frappant ; la
jeunesse s'allie volontiers à la jeunesse ; pourquoi Elisabeth avait-elle
uni son sort à un homme d'un âge
aussi disproportionné au sien ? voici
la solution de ce problême, et quelques détails sur les parens d'Hildegarde.

Elisabeth était belle ; elle faisait
la joie de ses bons parens et l'admiration de la contrée. Plusieurs jeunes
gens se présentèrent pour obtenir la
main de cette charmante fille ; chacun
d'eux espérait de lui plaire et de la
conduire dans leur maison, dont elle
aurait aussi fait la joie et l'ornement.

Veux-tu t'en aller avec celui-là ?
disait le père d'Elisabeth à sa fille ;
à mesure qu'il se présentait un nouveau prétendant.

Moi, vous quitter ! lui répondait-
elle en se jetant au cou du vieillard ;
vous laisser seuls, ma mère, et vous
dans votre cabane ! aller chercher
d'autres parens inconnus pour les
rendre heureux, tandis que je vous
laisserais désolée de m'avoir perdue !
non, mon père, celui qui veut nous
séparer ne me sera jamais rien.

Les dispositions d'Elisabeth furent
bientôt connues. Il se présenta d'autres jeunes gens qui dirent d'abord
qu'ils consentaient à rester avec les
parens de la jeune fille. Ils furent
tous bien accueillis. Obtenez le con-
sentement de notre fille, dirent les
bons parens; elle est seule maîtresse
de disposer de sa main; celui qu'elle
nommera sera notre fils bien-aimé.

Elisabeth voyait bien le désir que
ses parens avaient qu'elle leur don-

nât.. un fils; elle voulait toujours
ce qui leur faisait plaisir, mais elle
voulait aussi que ce plaisir devint un
bonheur durable , et que ce fils,
qu'elle leur donnerait , les aimât
comme elle les aimait. Je veux les
éprouver, se disait elle à elle-même;
elle leur fit un accueil grâcieux; elle
les recevait avec amitié, et elle étudiait leur caractère avec soin, mais
le résultat ne leur fut pas favorable,
ils furent tous éconduits, les uns après
les autres, avec douceur , politesse
et fermeté; ses parens, ne les voyant
point revenir s'en affligèrent. Tu ne
veux donc pas nous donner un fils?
lui dirent-ils :— ouï, mes bons parens,
leur dit-elle en les embrassant, c'est
un fils que je cherche à vous donner,
et non pas un gendre qui attende
votre mort avec impatience pour être

le maître de votre cabane, de votre
argent et de votre fille. Celui qui ne
vous aimera pas comme je vous aime,
ne me sera jamais rien. Elle leur
raconta ensuite des propos ou des
actions de ses prétendans, qui lui
avaient prouvé leurs vues intéres-
sées ; ils avaient beau les cacher,
elle était plus fine qu'eux et savait
les pénétrer. Conrad était ami de son
père dans leur jeunesse, mais, depuis
bien long-tems, ils étaient séparés ;
le père d'Elisabeth était resté dans
sa cabane, et Conrad avait été au
service de l'empereur Rodolphe et
devint son écuyer; la mort seule put
les séparer ; elle frappa l'Empereur
et Conrad, qui ne voulut point d'autre
maître, se retira dans son pays, âgé
d'environ quarante ans, mais vieilli
par les fatigues de la guerre.

Conrad avait plus d'une fois sauvé
la vie à Rodolphe, sans y mettre
aucune importance, et uniquement
parce qu'il aimait son maître et que
c'était son devoir. Rodolphe ne l'a-
vait pas oublié et lui avait fait, en
différens tems, beaucoup de beaux
présens, en bijoux, en médailles d'or,
belles armures, etc. etc. Conrad les
recevait avec respect et reconnaissance, comme des gages d'amitié de
son Empereur; mais il les étonnait,
et se disait à lui-même : pourquoi
mon bon maître me donne-t-il toutes
ces belles choses, comme si j'étais un
prince, et que veut-il que j'en fasse ?
Il les cachait, n'en parlait à personne,
continuant à aller son petit chemin,
comme s'il n'avait possédé que son
épée, sa bonne réputation, et le

T. IV.   6

souvenir de son maître dont il parlait souvent.

A son retour dans ses montagnes, l'écuyer trouva que, pendant sa longue absence, ses parens étaient morts; et que son frère aîné avait mangé leur héritage et vendu leur maison, après quoi il était aussi mort dans la misère.

Il n'avait donc plus ni père, ni mère, ni frère, ni demeure, mais il avait des amis d'enfance, et c'étaient les parens d'Elisabeth. Ce fut d'eux qu'il apprit qu'il avait tout perdu, et l'amitié qu'ils lui témoignèrent adoucit l'amertume de ces tristes nouvelles; ils lui offrirent un logement dans leur cabane; il leur promit, en revanche, de travailler pour eux, et cette association les rendit tous heureux.

On n'a pas passé vingt-quatre ans au service d'un Empereur sans apprendre bien des choses, et Conrad parlait fort bien de tout ce qu'il avait appris et de tout ce qu'il avait vu; il avait une foule d'histoires de moines et de revenans auxquelles ils ne croyait guère. Il avait joué de bons tours à l'abbé de St. Gall; il avait obtenu de l'Empereur le pardon de la ville de Raperswill, qui avait encouru la disgrâce de son souverain; il racontait toutes les batailles où il s'était trouvé, et parlait de tout de manière à se faire écouter avec plaisir.

Un soir Conrad était sorti pour quelque travail de campagne, Elisabeth resta seule avec ses parens, et, contre son ordinaire, elle était un peu rêveuse. A quoi songes - tu ma fille ? lui demanda son père.

Je pensais, répondit-elle en souriant, que j'aimerais un mari comme
Conrad,... il rentra, et le père ne
dit rien ; mais après quelques instans
il lui proposa de monter avec lui le
lendemain sur la haute montagne,
pour faire changer de pâturage aux
troupeaux.

Je puis y aller seul, dit Conrad,
la course est longue et pénible, elle
vous fatiguerait ; je connais fort bien
le chemin.

Non, non, dit le vieillard, je veux
t'en montrer un tout nouveau pour
toi, et que tu ne connais pas ; il souriait en disant cela, et Conrad sourit
aussi sans savoir pourquoi. Ils partirent au point du jour, la matinée
était belle, le soleil dorait le sommet
des glaciers, de légères vapeurs s'é-
levaient du fond de la vallée, les fleurs

odorantes qu'ils foulaient sous leur pas répandaient leur parfum balsamique ; les troupeaux joyeux faisaient, de tous côtés, entendre leurs sonnettes.

Voici un charmant endroit pour déjeûner, dit le vieillard en s'asseyant sur une pierre mousseuse au pied d'une melèze, et en sortant de sa poche un pain blanc et une bouteille de vin.

Conrad s'assit aussi, but et mangea avec l'appétit que donne l'air matinal des montagnes ; après une longue course : écoute Conrad, lui dit le vieillard lorsque la bouteille fut vide, le bon vin ouvre le cœur; je veux te parler avec franchise, réponds-moi de même. Pourquoi ne t'es-tu pas encore choisi une compagne ? crois-moi, le mariage est une bonne ins-

titution, et il ne faut pas que l'homme
soit seul; il serait tems, ce me semble, de t'en occuper.

Conrad baissa les yeux, cueillit
une pensée de montagne, et la regardait en silence. Le vieillard con-
tinua : je vois bien que tu nous aimes
et que tu te plais avec nous, comme
nous avec toi; mais il ne serait pas
juste que cette amitié fut un obstacle
à ton bonheur : si donc tu as quelque projet de mariage, parle-moi
franchement, nous t'aiderons si nous
le pouvons.

Bon père, dit alors Conrad en lui
prenant la main, jamais je n'aurai
de secret pour vous. Souvent à la
cour de l'Empereur Rodolphe, j'ai
envié le sort des jeunes gens que je
voyais se choisir à leur gré une épouse
selon leur cœur; mais le mien était

tout à mon bon maître, et tant qu'il
a vécu je me serais reproché d'aimer
quelqu'un plus que lui , et d'avoir
d'autres devoirs à remplir; voilà ce
qui m'a détourné du mariage dans
ma jeunesse ; mais, après la mort de
Rodolphe , mon dessein en revenant
dans ma patrie était bien de me
choisir une compagne qui pût me
consoler.

— Eh bien ! pourquoi ne l'as-tu
pas fait ?

— L'envie m'en a passé , dit
Conrad après un moment de silence.

—C'est singulier. As-tu été refusé
peut-être ?

— Non pas encore, mais je crains
de l'être, il faut que je vous l'avoue;
depuis que je vis avec vous; depuis
que je connais votre Elizabeth , je
ne vois plus aucune femme qui me

plaise, et pour elle... si jeune, si belle... je n'oserais pas y penser.

— Eh bien, dit Conrad en riant, elle est plus courageuse, car c'est elle qui pense à toi; elle me l'a dit hier, et ce matin son père te la promet, et il lui tendit la main.

Conrad se croyait au ciel, il se leva, et, debout devant le vieillard, pressant sa main de ses lèvres, il lui dit : Si vous parlez sérieusement, bon père, je suis plus heureux que ne l'a été l'Empereur Rodolphe, jamais je n'ai vu de fille aussi parfaite que la votre, je n'ai pas eu pour les filles de l'Empereur plus de respect que je n'en ai pour elle ; c'est un trésor de beauté et de vertu ; mais, mon père, ne vous trompez-vous point, n'est-ce point en plaisantant qu'elle a dit qu'elle préférait un mari de mon âge à tous ces jeunes gens qui l'entourent et cherchent à lui plaire ?

— Elle les a tous éloignés, dit le père, et c'est toi qui lui plaît ; Elisabeth est trop sage pour plaisanter sur un sujet aussi sérieux, elle pensait ce qu'elle disait : « J'aimerais un mari comme Conrad; » et puisque tu aimerais une femme comme elle, nous voilà tous d'accord à présent, allons changer nos vaches, et nous retournerons à la cabane. En revenant, Conrad était comme un homme qui rêve, il trébuchait à chaque pierre. Il ne pouvait croire à la réalité de son bonheur. Elisabeth, dit-il en s'approchant d'elle, chère Elisabeth, est-il vrai que vous consentiez à m'épouser, à me rendre le plus heureux des hommes ?

Mon père a babillé, dit-elle en
lriant, et le menaçant du doigt,
tendant ensuite sa main à Conrad,
elle lui dit : Puisqu'il a trahi mon
secret, il faut bien l'avouer; eh bien
oui, Conrad, j'aimerais beaucoup un
mari comme toi, et si tu me veux,
je suis à toi.

Si je te veux, Elisabeth! dit Conrad
transporté d'amour et de joie, qu'on
m'offre le trône d'Autriche, je le
repousserais pour courir à mon
Elisabeth.

Huit jours après se fit la noce, on
en parla beaucoup dans le pays,
les plus sages disaient, Elisabeth a
raison, elle donne à ses parens un
gendre qui les aimera.

Une harmonie parfaite régna dans
ce ménage ; tous les trésors que
l'Empereur avait donné à son

écuyer, et dont il ne parla qu'après le mariage, n'ajoutèrent rien à leur bonheur; Elisabeth avait obtenu son but, en donnant à ses parens un fils qui ne les quitterait jamais.

Mais hélas! ils ne jouirent pas long-tems du bonheur de soigner ces bons parens, ils virent encore la petite Hildegarde, ils la sautèrent sur leurs genoux, et sa bouche enfantine les nommait avec tendresse, mais elle avait à peine trois ans, qu'ils moururent, à huit jours de distance l'un de l'autre, en bénissant leurs enfans et en leur faisant promettre de vivre toujours dans cette cabane où ils avaient été si heureux.

La douleur d'Elisabeth et de Conrad fut extrême; le tems seul et leur chère Hildegarde purent l'adoucir; elle fut le seul fruit de leur

union. Et nous allons à présent
passer à son histoire.

Hildegarde avait dix - sept ans ;
aussi belle que sa mère, aussi chérie
de ses parens, elle faisait leur orgueil
et leur joie : lorsque le jeune Philippe
Sarner, fils d'un ancien ami et camarade de guerre de Conrad vint
leur faire une visite de la part de
son père qui désirait savoir des
nouvelles de son vieux compagnon
de service ; il vivait dans un autre
vallon, à une bonne journée des
glaciers ; Philippe avait été élevé
chez un grand père, dans une ville
lointaine. A la mort de son aïeul,
il revint chez son père, qui, peu de
mois après, l'envoya chez Conrad.
Il y fut reçu comme l'enfant de la
maison, et resta quinze jours avec
eux. Tout l'enchantait dans ce séjour,

le tendre attachement entre un vieillard et une femme belle encore ;
l'accueil amical qu'on lui faisait,
l'amour paternel et filial portés au
plus haut degré entre Hildegarde et
ses parens ; mais, par-dessus tout,
cette jeune fille si belle et si bonne.
— Enfin Philippe était dans une admiration continuelle : on y ajouta
encore, en lui faisant voir les beautés
naturelles de la contrée. Hildegarde
le conduisit partout, et augmentait
encore le charme de cette belle
nature, par ses réflexions justes et
naïves, par un enthousiasme qui
n'était que la suite de l'élévation de
son ame et de sa piété, et par sa
figure charmante. Il paraissait au
jeune homme qu'Hildegarde était
faite pour tourner la tête à tous les
hommes; la sienne ne résista pas à

cette épreuve, et huit jours n'étaient pas écoulés, qu'il s'était avoué à lui-même, que, sans Hildegarde, il ne pouvait plus y avoir de bonheur pour lui.

Un matin, elle le conduisit aux glaciers, qui étaient pour lui un objet de grande curiosité; depuis le haut la cabane paraissait tout-à-fait au pied : Hildegarde lui parla en riant du danger auquel elle était exposée d'être ensevelie sous une avalanche toutes les fois qu'il tombait une grande quantité de neige ; elle lui expliqua ces accidens si communs dans ces contrées.

Et vous pouvez vivre tranquille avec cette idée ? lui dit Philippe, en regardant tour-à-tour le glacier et la jeune fille.

Ne sommes nous pas toujours

dans la main de Dieu , lui dit l'aimable Hildegarde , il n'a pas besoin d'une avalanche pour disposer de nous , un tourbillon de vent peut vous enlever, un arbre ou un rocher qui tombe vous écraser. Il y aurait , ce me semble , un grand avantage à être enseveli sous les neiges.

Quel avantage? demanda Philippe, en la regardant avec surprise.

C'est qu'aucun de nous ne restera pour pleurer ceux qui auront péri ; si nous mourons ainsi ce sera tous ensemble , au même instant et sans souffrir ; une mort qui sépare de ce qu'on aime n'est elle pas mille fois plus cruelle ?

Philippe soupira profondément et en silence ; il ne pouvait plus détourner ses regards de ces masses effrayantes de neiges et de glaces ;

Hildegarde essayait en vain de parler
et de porter son attention sur d'autres
objets ; l'idée du tombeau glacé qui
attendait cette fille chérie, le glaçait
d'horreur et d'effroi. La douce gaîté
de sa compagne parvint enfin à le
distraire en apparence ; ils revinrent
à la cabane ; elle raconta en riant à
ses parens les frayeurs de Philippe ;
ils en firent aussi un objet de plai-
santerie en convenant, cependant,
que le danger existait, mais qu'ils
étaient tranquilles , parce que la
mort pouvait les atteindre d'un instant à l'autre de mille manières.

Philippe les quitta peu de jours
après pour retourner chez lui , toujours accompagné de la terreur qui
l'avait si vivement frappé ; Hildé-
garde, de son côté, pensait beaucoup
à lui, et releva auprès de ses parens

la bonté de son cœur, qui lui faisait partager avec autant d'intérêt les dangers qui les menaçaient

Philippe était extrêmement rêveur depuis son retour : son père lui en demanda la cause ; les enfans, de ce tems là, ne connaissaient pas avec leurs parens la réserve et la dissimulation ; le jeune homme ne fit nul mystère aux siens, de l'effet qu'avait produit sur son cœur l'aimable fille de Conrad. Quel dommage, ajouta-t-il, avec un soupir, que cette charmante fille soit destinée à être ensevelie sous les neiges !

Est-tu fou ? lui demanda son père, qu'est-ce que tu veux dire ?

— Que la cabane des parens d'Hildegarde est au pied des glaciers, et qu'une avalanche doit enfin l'engloutir, c'est impossible autrement.

Son père se moqua de lui : cette cabane, lui dit-il, subsiste depuis si long-tems; c'était déjà la demeure des parens d'Elisabeth ; jamais elle n'a eu d'accidens de ce genre : pourquoi vas-tu t'imaginer qu'il en arrivera ?

— Mon père, j'en ai le pressentiment.

— Eh bien ! épouse-la, mon fils, j'en serai bien aise ; on t'amenera ici et tu n'auras rien à craindre.

Philippe se jeta dans les bras de son père. Oh ! mon père, dit-il, venez : il faut que vous la voyiez, que vous vous assuriez vous-même combien elle mérite de devenir votre fille ; il faut que vous lui persuadiez d'être une femme chérie, et de s'éloigner à jamais du danger qui la menace. Oh ! mon père, si mon

Hildegarde périt sous l'avalanche, vous n'avez plus de fils.

— Tu n'as pas le sens commun avec tes avalanches, dit le vieux Sarner en riant ; mais je veux bien aller avec toi chez Conrad ; aussi bien je n'ai pas revu mon vieux camarade depuis que nous portâmes ensemble, de la part de l'Empereur Rodolphe, un compliment à l'abbé de St. Gall, qui ne lui fit pas trop plaisir ; celui que je vais faire à Conrad au sujet de sa fille lui plaira, j'espère, davantage ; et ils partirent le lendemain.

Conrad et Bertrand Sarner furent bien contens de se revoir ; Philippe prit le bras d'Hildegarde sous le sien et ils allèrent se promener aux glaciers.

Il n'y a rien à craindre encore,

disait Philippe en les mesurant des yeux, mais quand l'hiver arrivera, quand ces neiges amoncelées recevront encore d'autres neiges, alors, chère Hildegarde, tu ne seras plus ici.

— Plus ici! dit Hildegarde étonnée.

— Non, fille chérie, tu seras chez moi, ma compagne bien-aimée, et à l'abri de tout danger; mon père consent que je t'épouse, si tu le veux, et je n'en doute pas; qui t'aimerait plus que moi? j'ai dit à mon père : j'aime Hildegarde pour la vie. Il m'a répondu : tant mieux Philippe, tu ne pouvais pas faire un meilleur choix.

— Mon père me répondra de même quand je lui dirai : mon père, j'aime Philippe, dit naïvement Hildegarde, ils ne veulent que mon bonheur; mais je te demande encore, pourquoi plus ici? vois-tu, Philippe, il y a une condition qui tient à notre cabane. S'il y naît une fille, et seulement une fille, elle ne quitte jamais ni la cabane, ni ses parens, et celui qui l'aime assez pour vouloir en faire sa compagne, doit y venir vivre avec elle.

Philippe pâlit, et l'avalanche? répondit-il en tremblant. Eh bien! dit Hildegarde en riant, l'avalanche nous ensevelira peut-être un jour dans le même tombeau. En es-tu effrayé? pour moi mourir ainsi serait tout mon désir, mais ce ne sera pas de si tôt, ne t'en inquiéte pas; elle lui prit le bras et le ramena en courant à la cabane.

Conrad et Bertrand causaient ensemble en buvant, ils n'avaient pas l'air mécontent; cependant un léger nuage obscurcissait leur physionomie.

Vous arrivez à propos, dit Bertrand, en voyant entrer ces jeunes gens; nous parlions de vous. Hildegarde, veux-tu devenir aussi ma fille? ton père s'en rapporte à toi : veux-tu épouser mon Philippe? Si ce n'est que cela, dit Hildegarde, je ne vous ferai pas attendre ma réponse et la voici : j'aime Philippe de tout mon cœur; je veux bien être sa femme et votre fille.

— Voilà déjà une affaire arrangée, dit Conrad; mais veux-tu aller avec lui? car c'est ce que désire son père, Hildegarde, mon enfant, réponds d'après ton cœur! — Oh! non, dit la jeune fille, Bertrand ne peut ni le vouloir, ni le désirer.

— Pourquoi donc? mon enfant, dit le vieux Sarner. Parce que vous êtes père aussi, et si Philippe était votre seul enfant, voudriez-vous bien qu'il vous laissât dans la solitude privé de ses soins ?

Mais, dit Bertrand, il y a dans la Bible : « la femme abandonnera son » père et sa mère pour suivre son » mari. » N'y a-t-il pas cela, mon enfant ? — Oui, dit Hildegarde en souriant, je l'ai lu souvent ; mais, comme vous le dites, il y a : abandonnera, et non point : doit abandonner ; ce qui prouve que ce n'est pas un ordre positif, et que le choix est laissé à notre volonté, et je ne puis vouloir abandonner mes parens, qui n'ont que moi seule au monde, pour suivre un mari dans une nouvelle famille.

Elle en sait plus que nous, dit le vieux Sarner ; et je n'ai plus rien à lui dire ; j'ai d'autres enfans et je vous céde Philippe de bon cœur, c'est à lui à parler.

Et l'avalanche ? dit Philippe avec
effroi en regardant, tour-à-tour,
Hildegarde et le glacier. Tout le
monde éclata de rire et se moqua
de lui. Il se tut, mais un nuage de
tristesse resta dans ses yeux. La gaîté
semblait plutôt l'augmenter. On les
fiança le soir même ; il serra sa
promise dans ses bras, et reçut un
baiser de sa jolie bouche. Il sourit
de plaisir et de reconnaissance ; mais
des larmes remplissaient ses yeux, et
la tristesse perçait encore au travers de
cette expression de bonheur. Le mariage fut renvoyé jusqu'à l'hiver, à
cause des travaux de l'été. Cet hiver,
Hildegarde n'existera plus, disait
Philippe à son père ; je le sens là ;
jamais elle ne sera ma femme. Puis-
je la disputer à la terrible avalanche ?
Le vieux Sarner ne rit pas cette fois ;

car la mélancolie de son fils prenait un caractère qui l'affligeait. C'était le meilleur des fils, il l'aimait tendrement et l'accompagnait souvent chez Conrad. Il proposa à celui-ci de lui bâtir une cabane à côté de la sienne pour lui et pour sa femme. Conrad fut sourd à tout. Faire quitter la patrie à un Suisse n'est pas chose facile ; et Sarner le sentait bien lui-même. J'ai promis, j'ai juré aux parens d'Elisabeth à leur lit de mort, dit Conrad, de ne jamais lui faire quitter cette cabane ; ainsi juge toi-même. Tu as promis ? lui dit Bertrand, je n'ai plus rien à dire, et il n'en parla plus.

Cependant le pauvre Philippe ne pouvait plus écarter l'idée qui s'était emparée si vivement de son esprit ; il y pensait continuellement ; il ne rêvait plus que neige et avalanche.

T. IV.   7.

Quelquefois, au milieu de la nuit,
poursuivi par des songes qui lui re-
présentaient son Hildegarde ensevelie; il se levait baigné d'une sueur
froide, et entrait dans la chambre
de son père en répétant : avalanche!
avec un accent terrible. Son père,
au désespoir de cet état, faisait tout
ce qu'il pouvait pour le calmer; il
craignait que son imagination, toujours tendue sur le même objet, sur
la même pensée, ne le conduisît
enfin à la perte de sa raison. Philippe,
lui dit-il un jour : « si tu allais consulter le vieux berger de la montagne? peut-être aurait-il quelque bon
avis à te donner. Philippe saisit avi-
dement cette idée. Il avait ouï parler
de ce berger comme d'un être
extraordinaire. Il avait, disait-on, le
don de prédire à l'avance les hivers

eigeux où devaient tomber des avalanches. La plupart des montagnards
le regardaient comme un sorcier qui
avait commerce avec le diable ;
d'autres comme un fripon adroit qui
voulait se faire un revenu de sa
science. Sarner, lui-même , en avait
cette opinion; mais, dans l'état affreux
où il voyait son fils, tout ce qui pouvait
faire une diversion, ce qui pouvait
lui ôter ou, du moins, diminuer ses
craintes , paraissait un bien. Déjà
l'idée d'aller consulter le vieux berger
l'avait un peu ranimé. Bientôt il dit
à son père : « je vais chercher le
» vieux berger ; s'il me donne de
» bonnes nouvelles , si l'hiver n'est
» pas menaçant, vous reverrez bientôt
» votre fils , et vous le reverrez plus
» tranquille. Mais s'il m'annonce des
» avalanches!... oh ! mon père ; je ne

» quitte plus Hildegarde ; car je veux
» mourir avec elle si je ne peux vivre
» avec elle. » Vas, mon fils, dit Sarner
en s'essuyant les yeux : puisse le
vieux berger te rassurer et te renvoyer plus tranquille à tes parens !
Il partit et passa d'abord chez Conrad
où il voulait parler à son amie. Hildegarde, aussi, avait la plus tendre
compassion du cruel état où elle
voyait son bien-aimé ; elle souffrait
autant que lui en le voyant souffrir,
et tâchait de le ramener doucement
à la raison. « Je voudrais tout quitter
» pour toi, lui disait-elle ; mais ne
» sens-tu pas combien il serait affreux
» et cruel de laisser mes bons pa-
» rens ? » — Je le vois, je le sens ;
mais faudra-t-il donc te voir périr
victime de ton amour filial ? — « Mais
» Philippe, répondit-elle, tu le ver-

» rais tout de même si tes craintes
» se réalisent, après que tu m'aurais
» contrainte à les abandonner. Car je
» croirais toujours que si j'étais restée
» avec eux, j'aurais pu les sauver,
» leur être utile. Je ne me le pardon-
» nerais jamais, ni à toi Philippe, et
» je mourrais désespérée. »

« Mais, disait-il encore, engage-les
à te suivre; pourraient-ils te refuser
quelque chose ?

« Non, Philippe, ils ne me refu-
» seront rien de juste et de raison-
» nable. Ils m'aiment; mais ils ai-
» ment le bon Dieu plus que moi.
» Ils croiraient de l'offenser en quit-
» tant le lieu où il les a appelés à
» vivre et à mourir, quand et com-
» ment il lui plaira. Ils croiraient
» manquer de confiance en lui, et
» faire leur malheur à venir. A leur

» âge, on met plus d'importance
» à la vie à venir qu'au reste si court
» de celle qu'ils ont à parcourir ici
» bas. Non, Philippe, non, je ne
» leur donnerai pas la douleur de
» me refuser quelque chose. Mais
» dis-moi, qui t'a mis dans la tête
» cette funeste idée d'avalanche?

» Personne, Hildegarde, je te le
» jure, c'est un pressentiment qui
» s'empara de moi au moment où
» tu m'en parlas, et qui ne m'a plus
» quitté ; je voudrais en parler à
» quelqu'un.

» Parle, si cela peut te calmer ;
» mais à qui?

» Je n'ai pas voulu le faire sans te
» le dire ; j'ai déjà la permission de
» mon père, et je te demande la
» tienne ! Je veux aller en parler au
» vieux berger des Alpes (Hildegarde

» pâlit et baissa les yeux). Qu'as-tu
» donc, chère amie, tu changes de
» visage ?

» C'est le prophête de la monta-
» gne, lui dit-elle après s'être un
» peu remise. Je le connais; je l'ai
» vu il n'y a pas long-tems. J'étais
» allée seule au glacier ; j'étais assise
» au pied d'un arbre ; je pensais à
» toi, Philippe, aux idées sombres
» qui t'occupent. Voilà que tout-à-
» coup, en levant les yeux, je vois
» devant moi le vieux berger avec
» sa longue barbe blanche, appuyé
» sur son bâton. Je ne l'avais point
» aperçu venir ; et il me regarda
» d'un air si expressif que j'en fus
» effrayée. Je lui demandai en trem-
» blant ce qu'il voyait en moi qui
» attirât ainsi ses regards. Demeures-
» tu là-bas dans cette cabane, ma

» belle enfant ? Oui , c'est ma de-
» meure. — En ce cas-là je te plains.
» — Pourquoi ? bon berger. — Je
» n'ose te le dire.... Il me serra la
» main avec affection et me quitta.
Et tu n'en as rien dit à tes parens ,
Hildegarde? — Non , je les aurais
inquiété.

Touché de la bonté, de la déli-
catesse de cette excellente fille ,
Philippe l'embrassa tendrement, elle
ne put retenir ses larmes qui coulèrent en abondance. Elle commençait à partager les inquiétudes
de son amant ; un voile semblait
être tombé de devant ses yeux. —
La prédiction du vieux berger lui
parut une confirmation des pressentimens de Philippe ; et , pour la
première fois de sa vie, elle éprouva
un sentiment d'effroi à l'idée d'être

ensevelie sous les neiges. Philippe la pressa alors d'en parler à son père, mais elle rejetta cette idée. Elle savait que Conrad n'y ferait aucune attention, et ne voulait pas courir le risque d'allarmer inutilement sa mère. D'ailleurs elle avait une autre crainte. Le long séjour de Conrad à la cour et dans les armées avait éclairé son esprit; il n'avait aucune des superstitions du peuple; il les méprisait, et il était très-sévère contre ceux qui les entretiennent. Elle était donc persuadée que si elle lui parlait de la rencontre du vieux berger, et de ce qu'il lui avait dit, il en résulterait des choses fâcheuses pour le prophète montagnard. Il fut conclu, entre elle et Philippe, que celui-ci irait à la montagne chercher le vieux berger, et l'engagerait à s'expli-

quer plus clairement. Ses préparatifs
faits pour une absence de huit jours,
il prit tendrement congé d'Hildegarde. Il se sentait un peu soulagé
par l'idée qu'elle partageait ses pressentimens. Elle le vit partir, au contraire, avec un extrême serrement
de cœur. Elle éprouvait, pour la première fois, que l'amour avait aussi
ses peines. Elle sentait la nécessité
de ce voyage pour leur salut commun ; mais il n'était pas sans danger,
et elle connut aussi le tourment de
craindre pour ce qu'on aime. Il devait
traverser une partie des glaciers ; un
seul faux pas pouvait le perdre. Au
nom du ciel, prends bien garde, lui
disait-elle en pleurant. — Ne t'inquiéte pas, chère fille ; je te porte
dans mon cœur. Je vais m'occuper
de ma sûreté pour la tienne. J'ai à

présent de bons pressentimens , et
l'espoir de te rapporter des conso-
lations.

- Il partit; Hildegarde le suivit des
yeux jusqu'au détour d'une roche
qui le déroba à sa vue. Elle rentra
dans sa cabane , s'assit sur son rouet
auprès de ses parens ; et, en parlant
de Philippe , elle parla involontaire-
ment des avalanches. Si vous étiez
sûr du danger , dit-elle à son père,
ne consentiriez-vous pas à quitter
votre cabane ?

Oh ! oh ! voilà les frayeurs qui te
gagnent aussi. Il ne faut pas tenter
Dieu , chère fille , lui seul pourrait
nous donner la certitude dont tu
parles ; et il ne fait plus de miracles.
Mais , chère Hildegarde , je t'aime ;
j'aime ton Philippe. Si tu as peur ici,
vas avec lui , nous pourrons nous

voir souvent , nous visiter , votre
satisfaction sera la nôtre.

Non, mon père , je ne vous quitterai point. Je n'aurais point de bonheur sans que vous vouliez... J'irais
volontiers avec toi, chère fille; mais
vois-tu, nous ne le pouvons pas. J'ai
juré sur les mains de ton grand-père
mourant que nous ne quitterions
jamais cette cabane , cette propriété
qui lui était si chère. Tu dois bien
t'en rappeler , car tu étais sur son lit
à ses côtés; et il était déjà mort que
tu l'embrassais encore en l'appelant
ton bon grand-papa. Elisabeth pleurait
aux sanglots à ce souvenir. — Non,
dit-elle dès qu'elle put parler, je
ne quitterai pas cette chambre où
mon père a rendu son dernier soupir,
ce cimetière où il repose , non pas
même pour mon Hildegarde que

j'aime plus que la vie. Non pas même pour Philippe, s'écria la jeune fille en embrassant sa mère; je ne quitterai ni vous, ni cette cabane où j'ai vu mourir mon grand-père. Conrad les embrassa toutes les deux. « Oublies, dit-il à sa fille, ces rêveries » de dangers qui ne nous ont jamais » atteints; ton Philippe les oubliera » dans tes bras; ce sont des chimères » de son imagination et de son cœur. » Il voudrait réunir autour de toi » tout ce qu'il aime; être auprès de » ses parens, et nous y attirer. Après » ma mort et celle de ta mère, tu » pourras aller vivre avec eux, je » n'exigerai pas que tu restes ici. » Hildegarde se tut, l'image que ces derniers mots lui présentait déchira son cœur; elle craignait aussi de nuire à Philippe dans l'esprit de son père;

en lui parlant de ses craintes, et
résolut de renfermer ses inquiétudes
dans son sein. Cependant Philippe
continuait sa course dans les montagnes. Tantôt il traversait une belle
prairie couverte de troupeaux, auprès desquels étaient couchés les
pâtres qui les gardaient; tantôt il assu-
rait avec peine ses pas sur le glacier,
au moyen d'un bâton ferré qu'il en-
fonçait dans la glace; bientôt il passait auprès d'une caverne creusée
dans le rocher; un peu plus loin il
découvrait un glacier qu'il n'avait
pas encore aperçu. Il gravissait d'une
pointe de rocher à l'autre; les pâtres,
qu'il rencontrait de tems en tems, lui
indiquaient les chemins qu'il devait
tenir pour arriver à la montagne du
vieux berger. Ce vieillard, presque
centenaire, jouissait d'une grande

considération auprès de ses voisins ;
ils le consultaient dans leurs entre-
prises , et, flatté qu'on vint de loin
le consulter , il ne renvoyait jamais
ceux qui désiraient de lui parler.
Philippe était arrivé au sommet d'une
roche escarpée ; il voyait les vallons
au-dessous de lui à une terrible profondeur ; la cabane de son Hildegarde lui paraissait comme un point.
Dieu ! s'écria-t-il, le lieu où je suis
est peut-être celui qui doit être la
source de leur destruction ! et il
regardait dans l'abîme, enfoncé dans
ses pensées. —

A quoi songes-tu ? dit une voix
derrière lui ; il se retourne , c'est le
vieux berger.

Ah ! sois le bien venu ! c'est toi
que je cherche, lui dit-il en lui serrant la main.

C'est ce que j'ai appris là-bas,
répondit le vieillard d'un ton affec-
tueux, et je suis accouru pour t'a-
vertir de ne pas trop t'approcher de
ce précipice ; ce lieu-ci est dangereux cette année.

Pourquoi plus dangereux qu'un
autre ? dit Philippe en reculant un
peu, et jetant un regard d'effroi dans
la vallée.

C'est ce que je te dirai, jeune
homme, si tu veux m'accompagner
dans ma cabane ; aussi bien je vois
que tu as encore d'autres choses à
me demander et que ta vie en
dépend.

Tu le vois ! es-tu donc plus qu'un
mortel ? non, mon bon Philippe
Sarner, je ne suis qu'un mortel ; et tu
me connais, et tu sais mon nom !

Comment ne connaîtrais-je pas le

fils du brave Bertrand Sarner, l'un
de nos plus dignes voisins ? Tous les
bergers savent que tu es le fiancé de la
belle Hildegarde de là-bas ; et cette
aimable fille ne cache sûrement rien
à celui à qui elle a donné son cœur;
elle t'aura dit….

Oui, elle m'a dit les choses hor-
ribles que tu lui avais fait entendre.
—Nous en parlerons; à présent viens
avec moi, viens partager mon frugal
repas.

Ils allèrent à la cabane que le
vieillard habitait en été dans ces ré-
gions élevées. Elle était entrelacée
de branches de sapin et de plantes
alpines. La grande et belle gentiane
fleurissait tout autour. Le berger
offrit à Philippe des galettes de seigle
et du laitage. Le repas lui parut délicieux après une marche de deux

jours. Il avait couché à la belle étoile
et mangé du pain sec qu'il avait apporté ; la bienfaisante nature lui avait
épargné cette nuit là les funestes pressentimens qui le tourmentaient depuis quelque tems.

Après qu'ils eurent bu et mangé,
le vieillard lui parla ainsi :

Jeune homme, tu n'as pas l'air de
vouloir trahir celui qui te donnera
sa confiance. Cependant il faut que
tu me promettes le secret, avant que
je te découvre ce qui m'a engagé à
dire à ton Hildegarde les paroles qui
l'ont alarmée ; l'avis que je lui ai
donné n'a eu aucun effet encore.
Mais tu ne lui as pas donné d'avis,
bon vieillard, tu n'as fait que la
plaindre.

Je n'ai pas osé en dire davantage.
Crois-tu, jeune homme, que la vie

et la liberté n'ayent pas encore quelque prix aux yeux du vieillard? Je compte aujourd'hui ma centième année; mes membres cependant ont encore de la force, et mon sang de la chaleur. Et pourquoi ne désirerais-je pas d'avancer dans un second siècle en étudiant toujours la nature et les hommes? Je sais que celui que j'aime a le cœur bon; c'est pourquoi je puis me fier à toi. Ecoutes donc et tu sauras sur quoi sont fondées les marques d'intérêt que j'ai témoigné à ta fiancée sur son sort à venir. As-tu remarqué le glacier près duquel tu étais lorsque je t'ai abordé? Il s'y formera une avalanche si nous avons cet hiver des neiges abondantes; en ce cas-là, en tombant sur le vallon, la cabane de Conrad serait la première qu'elle couvrirait. A ce mot,

Philippe serait tombé d'effroi à la
renverse si le berger ne l'avait retenu.
Eh bien ! n'avais-je pas raison de la
plaindre ? ajouta-t-il d'un ton solen-
nel. La plaindre... la plaindre, s'écria
Philippe.... il faut la sauver, et la
chose n'est pas difficile. — Pas difficile.
Crois-tu d'y réussir ? — Oui, sans
doute ... je ne la laisserai point périr,
je le dirai à ses parens.... il faut qu'ils
quittent leur cabane et qu'ils vien-
nent près de nous. Le vieillard secoua
la tête. Pourquoi cet air de doute ?
dit Philippe interdit ?

Parce que je vois que je me suis
trompé à ton sujet, je t'ai cru plus
réfléchi, Philippe — Pauvre jeune
homme ! qui te croira lorsque tu
annonceras ces choses, ces malheurs
qui ne leur sont point encore arrivés?
On te prendra pour un insensé ; et

si tu dis que tu le tiens du prophète de malheur de la montagne , on enfermera le pauvre vieux berger comme un radoteur dangereux. Voudrais-tu être la cause de la perte du vieux berger ? Il se tut , Philippe réfléchit quelques instans. Non, par le ciel , dit-il enfin , je ne voudrais pas en être la cause. Mais comment sais - tu tout ? ès - tu en relation avec des êtres d'un ordre supérieur?... Tu dis, s'il tombe d'abondantes neiges, sais-tu s'il en tombera?

Je suis bien aise que tu me fasses cette question , elle me donne un peu plus de confiance en ton jugement. Eh bien , c'est en effet la quantité de neige qui tombera, que je ne sais pas sûrement; si je le savais, je pourrais t'annoncer l'événement avec certitude , mais n'en étant pas sûr, je ne puis le prédire qu'à demi.

Tu peux donc prédire? Mais d'où tiens-tu ce don? — De la nature; par des moyens à la portée de tous les hommes. La nature est la source d'où je tire mes prédictions. Quand on a vécu cent ans, on peut l'avoir observée au moins quatre-vingt; et quatre-vingts ans d'observations peuvent apprendre bien des choses. Né, élevé sur ces montagnes; y ayant passé une longue vie, elles me sont devenues familières; elles ont un langage intelligible pour celui qui veut y faire attention, et j'ai appris bien des choses de ces roches qui te semblent muettes.

D'abord c'était par curiosité que je les observais; j'ai visité, dans mon jeune âge, tous les coins et recoins

de ces montagnes. Les chasseurs de
chamois les plus hardis, n'osaient
pas aborder les lieux où mon avide
curiosité allait trouver un passage.
J'ai roulé dans des précipices où
j'aurais dû périr mille fois sans une
protection particulière de la Providence. Plusieurs fois, après m'avoir
vu gravir de certaines parties des
glaciers, on a dit pour moi la messe
des morts, dans l'idée que je n'en
reviendrais plus. La main du Tout-
Puissant m'a toujours soutenu. —
Philippe écoutait avec admiration le
vieux berger ; il se fit montrer par
lui les sommets escarpés qu'il avait
atteint ; il se fit conduire au bord
des précipices dans lesquels il était
tombé ; dans les commencemens ,
lui disait le vieillard , une main
puissante m'a préservé ; bientôt

j'appris à marcher avec plus de pré-
caution ; je sus distinguer les quartiers de glace, ou les amas de neige
auxquels je pouvais me fier, et ceux
qui étaient dangereux. Je visitai
plusieurs fois chaque crevasse, chaque fente des glaciers ; j'en recon-
naissais les progrès et la marche jusqu'au moment où, prévoyant une
chute prochaine, je n'en approchais
plus.

Quand me parlerez-vous de l'avalanche ? dit Philippe, qui s'impa-
tientait d'être au but de son voyage :
— Bientôt, jeune homme, dit le
vieillard. Patience, elle ne tombera pas encore. J'ai pu souvent
observer des éclats semblables au
bruit du tonnerre, qui ont lieu au
moment où il se forme une nouvelle
fente dans les glaciers. — J'observai

avec soin ces ouvertures. Je voyais
que les quartiers de glace entr'ouverts n'attendaient, pour se détacher,
que le moment, où, surchargés de
neige, ils seraient entraînés par la pe-
santeur qu'ils amassaient en roulant les
neiges qui se trouvaient sur leur passage; et finiraient par couvrir tout le
terrain au pied de la montagne; ces
événemens devaient nécessairement
m'occuper. — Je pouvais alors, en
quelque sorte, prévoir à l'avance le
moment où ils arriveraient, et sauver
peut-être quelques-uns de mes semblables. Cet espoir donnait encore
plus de suite et d'activité à mes re-
cherches et à mes observations.

Le premier essai que je fis en ce
genre ne me réussit pas. J'avertis
les habitans d'une contrée menacée;
ils suivirent mes conseils et s'éloignè-

rent à grands frais ; mais il ne tomba
que peu de neiges cette année là ;
les cabanes ne furent point cou-
vertes, et leurs possesseurs y revinrent en me faisant mille reproches.
L'année suivante ils furent ensevelis
sous l'avalanche et on les oublia.

Ma seconde prédiction eut lieu
dix ans après la première ; on n'écouta
pas mes avis, l'avalanche tomba, et
fit périr une foule d'habitans du pied
de la montagne. Alors mes amis me
conseillèrent de cesser mes prédictions. Ils me dirent qu'on m'accusait
d'être sorcier, d'avoir des intelli-
gences avec le Diable, et de pro-
voquer par lui la chute des neiges.
Pour justifier mes prophéties, je
n'avais nulle envie de me faire brûler,
pas même pour une bonne cause ;
je me tus, je me persuadai même

que je n'avais aucune vocation à in-
tervenir dans des événemens qui
peut-être étoient des jugemens de
Dieu. C'est ainsi que j'ai cessé de prédire ; mais ma réputation est restée.

Bon vieillard, interrompit Philippe en lui serrant fortement la
main, sauve-moi ! sauve mon Hildegarde et ses parens !

Laisse-moi donc achever mon
récit, jeune homme. — On aime à
raconter à mon âge, et j'en ai rare-
ment l'occasion. — Depuis un couple
d'années, en approchant mon oreille
d'une fente de ce glacier, j'ai entendu dans l'intérieur une espèce de
bruit sourd ; ce bruit devient toujours plus fort. Enfin j'ai observé, du
pied du glacier, une espèce de vapeur
qui s'élevait de la fente principale ;
et cette observation qui ne manque

jamais, m'annonce que sa chute n'est pas éloignée. J'avais l'esprit rempli de cette idée en revenant du glacier, lorsque j'ai rencontré ton Hildegarde; reconnaissant en elle une habitante de la cabane la plus menacée, je n'ai pu retenir cette exclamation de pitié sur son sort qu'elle vous a racontée. Je n'ai pu la retenir, dis-je, car je ne lui aurais point parlé ainsi, si j'avais réfléchi.

L'homme est tranquille lorsqu'il ignore le danger. Elle ne peut plus l'être à présent, et va souffrir mille fois la mort jusqu'au moment où les glaces la couvriront.

Homme insensible ! s'écria Philippe d'une voix terrible; comment peux-tu parler avec ce sang froid d'un si affreux événement ?

Pourquoi pas? Nous devons tous

mourir ; une mort aussi prompte , aussi imprévue que celle - là , me semble une des plus heureuses.

Comment imprévue !.... Eh ! depuis des mois ma raison s'égare en y pensant ; et depuis ta rencontre la pauvre Hildegarde l'attend à chaqu'instant. Non, bon vieillard, tu ne serais pas assez cruel pour nous annoncer cette mort si tu n'avais pas des moyens pour nous en garantir. Hâtes-toi de me dire ce qui peut me tranquilliser.

Jusqu'à la neige , dit le vieillard , vous devez être tranquilles. Il en faut même une quantité assez considérable pour déterminer la chute du glacier. Il faut pour cela qu'il en tombe plusieurs jours de suite sans discontinuer. J'ai l'œil assez exercé pour juger, du pied de la montagne,

quelle quantité il en est tombé au
sommet, et je puis vous avertir du
danger deux jours à l'avance. C'est
à vous alors à trouver un prétexte
pour faire sortir de leur cabane les
parens d'Hildegarde avec elle.

Je ne suis pas encore fort à mon
aise, dit Philippe ; qui m'assurera
que la chute et l'avalanche ne vien-
dront pas plustôt que tu ne le dis ?

— Je vous le garantis. Mais si vous
connaissez un meilleur expédient,
jeune homme, prenez-le si vous le
voulez; il en est tems encore.

— Ne te fâches pas, bon vieillard !
sois soujours mon ami, mon conso-
lateur, mon ange tutélaire, sans toi
je mourrais de mes inquiétudes. —
Je t'aiderai, dit le berger, je te le
promets. Ayes confiance en Dieu, en
mon expérience et tu seras sauvé. Ils

prirent alors congé l'un de l'autre
très-attendris. Hildegarde veillait au
retour de Philippe. Dès qu'elle l'a-
perçut sur la montagne, elle vint
en courant au-devant de lui. Elle
crut voir sur sa figure un présage
de bon augure. Tu m'apportes de
bonnes nouvelles? lui cria-t-elle de
loin. — De très-mauvaises, au contraire, lui répondit-il, mais nous
avons, toi et moi, un bon ami
de plus, et il récita tout ce qui s'était
passé. Hildegarde fut profondément
affligée; et ne regarda plus qu'avec
terreur le beau glacier dont on lui
annonçait la chute. Après avoir réfléchi quelque tems, sa physionomie
se ranima. Je l'ai trouvé, dit-elle
à Philippe, le moyen de nous sauver
tous. Le ciel en soit loué! dit en
l'embrassant Philippe déjà tout réjoui.

La douce espérance que le ciel
donna à l'homme pour lui montrer,
au milieu du mal présent, la pers-
pective du bien à venir entra dans
l'ame de ces bonnes jeunes gens. —
J'arrangerai, dit Hildegarde, que
notre noce se fasse chez tes parens,
et nous la renverrons jusqu'au moment où nous serons avertis, par notre
vieux ami, de l'approche du danger.

Bertrand Sarner fut mis dans le
secret, parce qu'il savait la visite de
son fils au vieux berger; il jura à
Philippe de ne rien dire qui pût le
compromettre, et de n'en pas même
parler à Conrad. Celui-ci n'était pas
à son aise, il s'apercevait de la préoc-
cupation de ses enfans : c'est l'inquié-
tude de la passion qui les tourmente,
disait-il en lui-même; ils seront plus
calmes après la noce. N'étais-je pas

ainsi avant d'épouser Elisabeth, et
ne me suis-je pas calmé depuis ?

La franchise était dans le caractère
de Hildegarde, et la dissimulation
lui était étrangère. Il lui en coûtait
beaucoup de cacher quelque chose
à ses bons parens. Pour les engager
à consentir que la noce eût lieu hors
de chez eux il fallait un prétexte.
Elle leur dit que, pour prix de la
complaisance de leur céder son fils,
le vieux Sarner désirait que le mariage
se fît chez lui ; Bertrand fut prié de
dire la chose lui-même pour qu'on
ne les accusât pas de mensonge.
Bonne Hildegarde ! tu ne faisais pas
attention que le mensonge n'en était
pas moins dans ton cœur quand tu le
faisais passer par la bouche de Bertrand. Tu voulais éviter le reproche
d'une faute, mais non pas la faute

même, et voilà ce qui arrive souvent
aux enfans timides. C'était un premier pas vers la dissimulation ; heureuse de n'avoir pas eu d'occasion
d'en faire d'autres, et lorsque le jour
de la vérité viendra, il sera fait, sans
doute, une distinction entre un mensonge , dont le but était louable
comme le tien , et ceux qui portent
le caractère de la méchanceté. Mais
heureux, mille fois , celui qui n'eût
jamais besoin de déguiser la vérité!
Philippe venait souvent chercher du
courage chez le vieux berger, et lui
rappeler sa promesse. Il ne lui avait
pas encore raconté l'origine de ses
pressentimens sur le malheur qui menaçait Hildegarde; il voulait qu'elle-
même fut présente à ce récit.

Il avait choisi, pour cette entrevue,
la place la plus intéressante qui se

fut encore offerte à lui aux montagnes. Le hasard la lui avait fait découvrir, et (excepté le vieux berger)
aucun autre ne la connaissait. C'était
un petit vallon tout entouré de collines verdoyantes et peu élevées. Il
était traversé par un torrent qui, dans
cette saison de l'année, perdait sa
violence et coulait avec tranquil-
lité, formant dans le milieu du vallon
un joli bassin, semblable à un petit
lac, dans lequel se jouaient des oiseaux
aquatiques sans paraître craindre les
insultes des hommes. Philippe s'était
souvent approché du bord du bassin
sans que leurs jeux, ni leurs chants
en eussent été interrompus. Sur ces
bords la nature avait préparé des
siéges de mousse ; une prairie émail-
lée de fleurs et des bosquets d'arbustes des montagnes, formaient une

enceinte circulaire. Le parfum balsamique des plantes alpines venait
encore charmer un autre sens dans
ce site délicieux. Philippe , en le
visitant pour la première fois , eut
d'abord l'idée de le faire connaître
à son amie ; il voulait qu'elle sentît,
en jouissant de cette belle nature, que
la vie est un bien; mais le chemin
qui y conduisait était dangereux , et
presqu'impraticable ; sur un espace
d'environ cent pas on n'en faisait pas
un qui n'exposât au danger de perdre
la vie. Entre deux terribles précipices il fallait descendre un rocher
nud , presqu'à pic , où à peine trou-
vait-on çà et là quelque petite place
pour poser le bout de son pied; et
pour y arriver , Hildegarde aurait
couru un danger aussi grand et plus
prochain que celui de l'avalanche.

Mais Philippe qui ne pouvait ni arrêter la tombée des neiges, ni diriger
le cours de leur chute, pouvait tailler
le roc, et il l'entreprit. Ce fut avec
des peines infinies qu'il parvint à
rendre le chemin praticable ; souvent
le vieux berger l'avait surpris y tra-
vaillant. — Je t'aiderais volontiers,
lui disait-il, mais des bras de cent
ans ne sont plus propres au travail ;
j'admire ton entreprise, tu fais présent d'un joli vallon à cette contrée,
et la postérité te bénira lors même
que ton nom lui resterait inconnu.
— Je ne travaille pas pour la postérité, répondit avec candeur Philippe
en regardant le vieillard ; j'avoue que
mon seul motif a été de procurer du
plaisir à celle que j'aime. — C'est
ainsi, mon fils, qu'il se fait beaucoup
de bien dans le monde, sans que

ceux qui le font s'en doutent. L'influence du présent sur l'avenir est presque toujours au-delà de la portée des hommes.

La Providence, en ourdissant la toile ; en conduit seule les fils ; elle seule est dans le secret de son ouvrage. Les malheurs qui frappent une génération, préparent peut-être le bonheur de celles qui doivent la suivre. — A la bonne heure ; mais c'est pour Hildegarde que j'ai travaillé. Dimanche prochain, après le service divin, viens dans ce beau vallon ; je m'y rendrai avec elle.

Au jour désigné, Philippe vint avec Hildegarde au rendez-vous. Le vieux berger les y avait précédé ; mais il s'était caché pour jouir de la surprise de sa jeune amie. On pourrait, à juste titre, nommer ce beau vallon : l'Elisée

des Alpes. Hildegarde en avait ouï
parler à un des plus hardis chasseurs
de chamois, mais elle le croyait inac-
cessible aux femmes. Elle fut bien
étonnée d'y pénétrer aussi facilement, ne pensant pas encore que la
route eut été aplanie pour elle. Au
moment où elle eut monté la hau-
teur qui lui dérobait la vue du vallon, elle resta immobile d'extase ;
son regard s'anima, ses joues se colo-
rèrent plus vivement. Jamais Philippe
ne l'avait vue si belle ; elle paraissait
la divinité du vallon. Les yeux ar-
dens de son amant se portaient tour-
à-tour sur elle, et sur la belle nature
qu'elle admirait en silence. Il la serra
dans ses bras. Mon Hildegarde, lui
dit-il, c'est ici que je voudrais vivre
avec toi et oublier le reste du monde.
Vois ces deux collines verdoyantes ;

Ici rien ne nous menace, ici la crainte
ne peut pénétrer ; c'est l'empire de
la paix, de l'amour, de mon Hildegarde. — Ah ! mon ami ! je vois à
présent que c'est à toi que je suis
redevable d'être arrivée ici sans effroi.
— Oui, c'est à lui que tu le dois,
dit derrière eux une voix. Elle se
retourna en jetant un cri de frayeur.
Rassure-toi, mon enfant, dit le bon
vieillard en sortant de sa cachette et
souriant; il n'y a aucun danger ici pour
toi. — Ne t'offense pas, lui dit-elle,
du mouvement de frayeur que m'a
causé ta voix. Je te l'avoue, elle m'a
ramené l'idée d'être ensevelie sous
les neiges. Il serait doux, peut-être,
de mourir avec ce qu'on aime; mais
il est si doux d'y vivre ! — Tu as
raison, dit le berger ; celui qui ne
sait pas aimer et apprécier cette vie,

n'est pas digne de ce.... qui doit la suivre. — Tu peux t'en fier à mon expérience; je n'ai pas toujours couché sur des roses, et cependant je n'ai jamais perdu de vue le but auquel je devais tendre, et pour lequel j'ai été placé en ce monde.

Quel est-il ce but, bon vieillard? dit Hildegarde, apprends-le moi, je t'en prie.

— C'est de mériter, en supportant les peines de cette vie, le bonheur qui nous attend dans l'autre. Qu'ils sont injustes ceux qui se plaignent des maux qu'ils se forment souvent eux-mêmes et qui ne songent qu'aux jouissances d'un instant! Assis sur la pierre mousseuse, ils continuèrent un doux entretien, animé par les discours pleins de sagesse du centenaire. Hildegarde ne pouvait se lasser

d'admirer ce petit vallon d'où l'on
n'apercevait ni glace, ni neige, aucun
objet menaçant. — Dieu, dit le vieillard, a placé ce lieu de paix et de
délices au milieu des dangers, pour
nous donner une idée des biens qui
nous attendent et nous sont réservés.

Ce mot, dangers, rappela à Hildegarde celui qui les menaçait ; le berger lui répéta la promesse qu'il avait
faite de les avertir assez à tems pour
qu'on pût, non-seulement la sauver
elle-même et ses parens, mais encore
leurs voisins. J'ai lieu de croire, dit-
il, d'après mes observations, qu'il
tombera beaucoup de neige cet hiver ;
mais soyez tranquilles, et suivez à
votre plan avec courage.

Ces assurances ramenèrent la gaîté
dans l'ame des jeunes gens. Ils firent
une excellente collation de fraises

parfumées des Alpes, que le berger
avait cueillies en les attendant, et
du laitage qu'il avait apporté. Ah !
comment ne pas aimer la vie ? disait
la jeune fille en serrant contre son
cœur le bras de Philippe qui la soutenait en s'en allant. Une heure,
comme celle que nous venons de
passer, compenserait un siècle de
peines. En traversant le sentier qu'il
lui avait arrangé, des larmes de reconnaissance coulaient de ses yeux.
C'est ainsi, lui dit-elle avec tendresse,
que nous aplanirons, l'un pour l'autre,
la route de la vie.

Le voisinage de Conrad était composé de six familles avec lesquelles
il vivoit en parfaite intelligence ;
Philippe proposa que tous ces bons
voisins fussent de la fête le jour de
son mariage ; ils y auraient été tous,

disait-il à Conrad, si je m'étais marié
chez vous ; il ne faut pas qu'ils per-
dent rien à votre complaisance pour
mon père ; je me charge de les inviter. — Il alla effectivement chez
tous pour les prier d'assister, comme
témoins, à son mariage , et passer
quelques jours tous ensemble chez
son père. La noce devant se faire
en hiver , dans le moment où il
n'y a aucun ouvrage pressant, comme
je veux toutes les mères je veux
aussi tous les enfans ; cela portera
bonheur à ma bien-aimée : le jour
n'est pas encore fixé , leur dit-il , à
cause des préparatifs nécessaires pour
recevoir tous nos amis ; je vous en
préviendrai d'avance, et je vous demande votre promesse pour vous y
rencontrer tous. Je veux que vos
cabanes soyent fermées, et que chacun

de vous se réjouisse de mon bonheur.
Ils le lui promirent ; ils aimaient
Conrad , et se faisaient un plaisir
d'assister à une fête aussi intéressante pour lui. Déjà ils regardaient
Philippe comme leur bon voisin et
ne voulaient pas lui refuser sa première demande.

L'été se passa sans qu'il fut question de la noce ; Conrad ne comprenait rien à ce silence de Philippe et à sa longue patience. Je
n'étais pas ainsi, Elisabeth, disait-il
à sa femme , lorsque tu m'eus dit
oui et levé la main ; je ne pouvais
attendre le moment où tu serais
toute à moi, et cependant j'avais le
double d'âge.

Philippe leur avait dit que tous
les voisins étaient invités à la noce.
C'est un grand surcroît de dépense

pour Sarner, disait Conrad. Cela
fait plaisir à Philippe, lui répondait sa femme ; ils sont riches, et
nous n'avons nous pas les bijoux de
l'Empereur ?

Tu as raison ; je les avais oubliés,
prenons les avec nous à la fête, je
les lui donnerai ; il en fera ce qu'il
voudra ; je ne garderai que le portrait
de l'Empereur. Je veux voir encore,
à mon lit de mort, mon bon Rodolphe, et lorsque j'arriverai dans
le lieu où l'on est, dit-on, tous
égaux ; je lui dirai : mon bon maître,
il n'y a pas long-tems que je vous
ai quitté.

Enfin l'hiver arriva ; il s'annonça
par un peu de neige, dès qu'Hildegarde vit le terrain blanchir, elle
s'inquiéta ; il faut fixer le jour, dit-
elle à Philippe. — Attendons les or-

dres du vieux berger , répondait-
il ; Dieu ! pourvu qu'ils n'arrivent
pas trop tard ! s'écria la jeune fille !
— Cependant l'amour ne perdait pas
ses droits ; lorsqu'ils avaient été
quelques tems ensemble dans la cabane, leurs craintes se dissipaient,
ils regardaient tomber tranquille-
ment cette neige qui pouvait être
leur tombeau. Nous vivrons , ou
nous mourrons ensemble (se disaient-
ils l'un à l'autre). — Mais c'était lorsqu'ils étaient séparés que leurs craintes les tourmentaient ; souvent Philippe arrivait hors d'haleine au milieu
de la nuit pour s'assurer qu'il n'était
rien arrivé. Il attendait, devant la
cabane, qu'on en ouvrît la porte.
Les montagnes devant lui ne lui pa-
raissaient plus qu'une masse informe
et menaçante. Il viendra aujourd'hui

(pensait-il), il faut qu'il vienne, ou ce sera trop tard.

Enfin arriva ce message de malheur et de consolation. — Fixes le jour de ton mariage à après demain, dit le vieux berger à Philippe, les nuages s'accumulent sur le glacier; dans peu de jours il aura sa charge complette de neige, et il sera entraîné.

Philippe se hâta de se rendre à la cabane d'Hildegarde, et la demanda à ses parens pour le lendemain. Ils n'avaient rien compris à ses délais; ils ne comprirent pas mieux cette détermination si soudaine; mais n'ayant rien à y opposer, ils y consentirent. L'ame de Philippe était partagée entre la joie des approches de son bonheur, et les inquiétudes sur l'événement qui se préparait; il était retourné chez son père pour

pour l'aider aux préparatifs. La nuit
qui précéda la noce fut terrible. Les
vents étaient déchaînés, la neige tombait avec abondance. Chaque minute
lui semblait devoir être le terme de
ses espérances. Il aurait voulu pouvoir aller à la cabane de Conrad pour
savoir si ses amis existaient encore;
mais l'obscurité de la nuit, l'impos-
sibilité de trouver son chemin sur
les neiges amoncelées par les vents,
étaient des obstacles insurmontables.
Le vieux berger qu'il avait retenu
était sa seule consolation. Il lui assu-
rait que, pour cette journée encore,
il n'y avait rien à craindre, et que, tant
qu'on n'entendrait pas des craque-
mens dans l'intérieur du rocher, il
pouvait être tranquille. Le jour arriva
enfin et la tempête se calma. Le vieux
Bertrand envoya ses serviteurs pour

ouvrir le chemin couvert de neige,
et Philippe se mit en route sur un
traîneau pour aller chercher sa bien-
aimée. Oh ! comme son cœur battait
en approchant de la cabane ! Il ne fut
tranquille que lorsqu'il vit venir au-
devant de lui son Hildegarde, car le
toît de la cabane était tellement couvert de neige qu'à peine pouvait-on
s'apercevoir qu'elle existait encore.
Hildegarde n'avait pas passé une
meilleure nuit ; ils se serrèrent dans
les bras l'un de l'autre ; encore quelques instans et tu és sauvée ! dit
Philippe. L'état d'anxiété dans lequel
ils avaient vécu depuis quelque tems
les avait rendu encore plus chers l'un
à l'autre. Philippe pressait si vivement le départ que le père Conrad
lui dit en riant : quels sont, mon fils,
les chimères qui t'occupent de nou-

veau ? Parie que tu penses encore à
ton avalanche et que tu crois de nous
sauver ? Tu auras beau faire, il n'en
sera que ce que le bon Dieu voudra.
L'activité de Philippe en redoubla ;
il fit dire à tous les voisins qu'il
comptait sur eux, et qu'il se croirait
fort offensé si un seul individu, grand
ou petit, manquait à la noce. Enfin
tous les chars, tous les traîneaux furent prêts. Philippe y avait fait mettre
presque tous les ustensiles de ménage
de Conrad, disant que son père en
avait besoin pour la noce. Il resta le
dernier pour fermer la cabane, mais
il eut bientôt rejoint les voyageurs ;
son cœur nageait dans la joie, car
son Hildegarde était sauvée. Que
Dieu soit à jamais béni ! lui dit-il en
passant près de son traîneau où étaient
aussi son père et sa mère. Amen ! dit

Conrad sans savoir l'objet de cette pieuse exclamation. Hildegarde élevait au ciel son regard reconnaissant. Je vais vous devancer pour vous annoncer à mon père, dit le jeune homme, et son traîneau, glissant légèrement sur la neige, ils l'eurent bientôt perdu de vue. Ils allaient très-vite aussi, et furent bientôt chez le vieux Sarner qui les attendait à la porte, et les introduisit chez lui. Quel ne fut pas leur étonnement de trouver là leur cabane exactement telle qu'ils venaient de la quitter ! — Où suis-je ? dit Conrad. — Chez toi, camarade, répondit Bertrand, mon fils a voulu que vous fussiez ici comme chez vous, et que, lorsqu'il vous prendra fantaisie de venir dans notre vallon, vous y trouviez toutes les choses auxquelles vous êtes accoutumé. —

Emus, touchés, ils entrèrent, et tout
était comme chez eux. La grande
armoire de bois sculptée, le coffre
de même où ils tenaient leurs vêtemens. Le rouet d'Elisabeth à côté de
celui d'Hildegarde ; les hautes esca-
belles de bois reluisant. Mais ce qui
toucha le plus Conrad, fut de voir
son épée, sa lance et son casque attachés en trophée à la paroi, et sur-
montés du portrait de son Empereur
Philippe avait pris ces derniers arti-
cles en fermant la maison. Conrad
l'embrassa tendrement. Je te remercie, mon fils, lui dit-il, d'avoir invité
mon maître à la noce. J'en aurai plus
de joie encore, mais il reviendra avec
moi dans ma cabane, car je ne veux
pas m'en séparer.

On allait partir pour l'église, lorsque Hildegarde observa qu'un des

convives manquait encore ; c'était
le vieux berger de la montagne. Le
voici, dit Bertrand. Il entra en effet
et chacun fut bien aise de le voir. Il
était considéré généralement, malgré
ses prophéties, à cause de son grand
âge. On se rendit au temple ; le nouveau couple était d'une beauté remarquable. L'ame des parens était
remplie de joie, et celle des époux
d'une tendre émotion ; un respectueux silence régnait dans la nom-
breuse assemblée. Le père fit un discours simple et touchant et leur donna
la bénédiction. Elle est à moi ! s'écria
Philippe et rien ... plus rien ne peut
nous séparer. On revint à la maison,
et tout le monde était disposé à la
joie. Le vieux berger saisit un instant
où il se trouva seul avec Philippe.
Heureux mortel ! lui dit-il, tu dois

te féliciter de ce que tout a si bien
réussi. Cette nuit même, ou je suis
bien trompé, arrivera la destruction
des cabanes de la vallée. J'y ai passé
il y a quelques heures ; j'ai entendu
le bruit sourd qui présage toujours
le danger prochain. Une portion considérable du rocher se détachera et
la chute de l'avalanche sera terrible.
Tu as eu soin, je pense, que personne ne restât en arrière? Oui, dit
Philippe, mais je vais m'en informer
encore.

La gaîté présidait au repas, et la
coupe joyeuse circulait à la ronde.
Sarner avait fait plusieurs campagnes
qui lui avaient valu plusieurs ton-
neaux de vin du Rhin, et rien ne lui
paraissait trop bon pour ce jour-là. Il
était presqu'aussi amoureux d'Hildegarde que son fils. Si je n'avais pas

eu un fils à te donner, lui disait-il, il aurait fallu que tu fusses ma femme. Le berger centenaire paraissait rajeuni. Le sentiment d'avoir sauvé tout ce monde faisait circuler dans ses veines un feu électrique.

Le soir arrive. La gaîté continuait à régner dans l'assemblée. On buvait, on riait, on chantait, on racontait. Tout-à-coup une forte explosion se fit entendre; une seconde la suivit. Le bruit trop bien connu jeta l'épouvante dans tous les cœurs. — Une avalanche ! une avalanche ! s'écriat-on tous ensemble.

Elle a frappé toutes vos maisons, dit le vieux berger. Bénissez le ciel ! Une femme tomba de sa chaise à genoux en s'écriant : ma mère !... ô Dieu ! ma pauvre mère ! — Elle vit, dit Philippe ; et au même instant

deux de ses valets entrèrent, portant
la bonne femme malade qu'ils dépo-
sèrent sur un fauteuil auprès de sa
sa fille. Sur l'avis du berger, il avait
pris des informations : cette femme
seule avait été laissée avec une ser-
vante pour la soigner, étant un peu
indisposée, alors Philippe avait envoyé à la hâte deux hommes, avec
ordre d'amener ces deux femmes de
force si la malade résistait. Elle y consentit, quoiqu'avec peine ; on la mit
dans un traîneau avec la fille qui la
servait, et ils étaient à peine à moitié
route que l'avalanche était arrivée ; sa
fille, que l'on rappela à la vie, ouvrit
les yeux, vit sa mère devant elle, et fut
près de se trouver mal encore de surprise et de joie. Bientôt arrivèrent d'autres habitans du vallon qui ignoraient
que ceux du pied du glacier avaient été

sauvés. Jamais on n'avait vu, disaient-
ils, une aussi horrible avalanche ; on
ne voyait pas une trace des habita-
tions qu'elle avait couverte. Conrad
et Elisabeth étaient demeurés comme
des statues en écoutant ce récit. Tu
as été plus sage que nous, dit Conrad
à Philippe, nous te devons la vie, et
tout ce qui nous y attache. — Et
notre Hildegarde? dit Elisabeth. —
Et le portrait de mon Empereur?
dit Conrad. — Et le bonheur de vivre
tous ensemble ? dit le vieux Sarner,
car nous ne nous quitterons plus. Le
ciel lui-même, en détruisant votre
cabane, a rompu votre serment d'y
rester et vous la retrouverez ici. La
nouvelle qu'on avait apportée avait
mis tout le monde en mouvement.
Les voisins de Conrad prirent des
flambeaux de poix, pour aller se

convaincre eux - mêmes du danger
auquel ils avaient échappé. — La
femme malade, sa fille et quelques
enfans restèrent seuls dans la cabane.
On les fit coucher, il ne resta qu'Elisabeth, Conrad, Bertrand, les jeunes
époux et le vieux berger. Les autres
fils de Sarner étaient à la guerre; ils
cherchaient à marcher sur les traces
de leur vieux père. — Le vieux berger, pour éveiller les esprits abbattus,
les invita à faire circuler la coupe;
il réussit dans son dessein, la douce
joie vint se rétablir au milieu d'eux.
Le centenaire qui leur avait sauvé la
vie à tous, était devenu le héros de
la fête. On le regardait avec étonnement. Sarner, et Conrad lui-même,
lui parlaient avec amitié ; chacun le
caressait. Comme on t'a méconnu
jusqu'à présent! disait Conrad. J'ai

moi-même des reproches à me faire à ton sujet. Je ne t'ai pas nui ; mais je me moquais intérieurement de ta science et de tes prophéties. —

Ce ne sera plus ainsi, disait Bertrand, il deviendra notre oracle.

Animé d'un esprit prophétique, l'ancien des montagnes se levant en secouant sa tête couverte d'une chevelure argentée. — « Oh! mes amis!
» dit-il, ainsi va le monde ; c'est un
» composé d'erreurs et d'imperfec-
» tions. On cherche à opprimer ceux
» qui veulent éclairer ; on poursuit,
» comme sorciers, ceux qui étudient
» avec attention les lois de la nature.
» Mais il viendra le siècle où il sera
» permis de se livrer à cette étude,
» d'étudier le cours des astres et les
» entrailles de la terre ; de parler aux
» fils des hommes de leur origine et

» de leur destination. Mais, dans ce
» siècle, qui sera fier de ses lumières,
» l'homme borné ne pourra cepen-
» dant pas aller contre les décrets
» du Tout-puissant, ni changer les
» lois de la nature et du mouvement.
» Mais si l'on voulait suivre, avec
» attention les traces que j'ai obser-
» vées ; on pourrait au moins se ga-
» rantir de leurs effets ; on pourrait,
» de siècle en siècle, perfectionner
» cette étude, établir des observa-
» tions sur les montagnes. On sau-
» rait comment les lacs se comblent,
» comment les rochers et les glaces
» se détachent de leurs bases, com-
» ment ils sont entraînés par leur
» propre poids, et former sur ces
» indices le plan des précautions à
» prendre pour prévenir le danger.
» J'ai rempli ma tâche et ma car-

» rière; c'est à d'autres à aller plus
» loin en connaissances que le simple
» et vieux berger de la montagne». Il
s'était animé en parlant. «Aujour-
» d'hui, continua-t-il d'une voix plus
» faible, j'ai obtenu un beau résultat
» des peines que je me suis données;
» mais je sens que ma vieillesse a été
» fortement ébranlée par les inquié-
» tudes et l'angoisse de mon cœur
» en attendant ce résultat. La joie
» de cette journée est une épreuve
» trop forte pour mes sens affaiblis. »

  Cependant la nuit s'avançait et les
curieux ne revenaient point encore.
Les vieux parens avaient besoin de
repos. Ils accompagnèrent le nouveau couple dans la chambre nuptiale.
Le vieux Sarner conduisit ensuite
Conrad et Elisabeth dans celle qui
leur était destinée. Le vieux berger

fut aussi placé dans un bon lit. Sarnen ne put dormir ; l'idée du danger auquel avait échappé son fils était continuellement présente à son esprit ; il attendit le retour de ceux qui avaient été voir l'avalanche. Ils n'avaient trouvé que des montagnes de neige à la place où étaient leurs cabanes : mais ils étaient si contens d'avoir sauvé leurs vies qu'ils ne se plaignaient pas. Ils avaient sur eux leurs plus beaux vêtemens qu'ils avaient mis pour la fête. Leurs vaches passaient l'hiver dans des chalets plus bas, en sorte que leur perte ne sonsistait qu'en quelques meubles bien simples et dans leurs cabanes. — Dormez tranquilles, leur dit Bertrand, demain nous verrons ce qu'on peut faire pour vous aider. Vous êtes à l'abri, consolez-vous du reste, et il

les invita à se reposer. Pour lui, retiré dans sa chambre, il ne cessa de
penser au vieux berger à qui il devait
la vie de son fils et de sa belle-fille.
Il s'occupa à recueillir, pour le bien
de l'humanité, les précieuses observations de cet homme respectable;
il voulait aussi, de concert avec Philippe et Conrad, chercher à le rétablir dans l'opinion publique, et dé-
truire les préventions défavorables
qui existaient sur son compte; et
pour cela ils résolurent de lui proposer d'achever auprès d'eux sa longue carrière. Le jour revint, on se
réunit insensiblement autour de la
longue table où Sarner avait fait servir
un bon déjeûné. Il était intéressant
d'observer comme chaque convive
entrait avec un air triste et silencieux,
et comment, en s'approchant des nou-

veaux mariés, leur physionomie se
ranimait. Ils les remerçiaient de les
avoir ainsi préservés; ils leur serraient
les mains; ils les priaient de leur pardonner s'ils n'apportaient pas à cette
fête de la joie et de la gaîté. Dans ce
moment entrèrent Conrad et Elisabeth qui portaient une petite cassette.
Ils se mirent au-dessus de la table;
chacun voulait leur parler. — Silence,
mes enfans! dit Conrad en élevant la
voix. Ecoutez - moi! vous parlerez
après. Les souverains ne savent souvent pas eux - mêmes comment et
pourquoi ils font le bien. Mais Dieu
qui est là-haut, et qui leur en a
donné l'idée, sait ce qui en résultera.
« Il y a bien des années que mon
» bon maître, l'Empereur Rodolphe
» (dont le corps est dans le tombeau,
» l'ame en paradis, et le portrait au-

» dessus de mes armes) jugea à pro-
», pos de me donner beaucoup de
» pierres précieuses qui valent une
» bonne somme d'argent. Jusqu'à
» présent je n'ai su que faire de ces
» bijoux ; j'avais résolu de les donner
» à mes enfans pour présens de noce.
» C'est dans ce but que j'ai eu le
» bonheur de les prendre avec moi,
» et les voilà dans ce petit coffre ;
» mais je crois qu'ils serviraient aussi
» peu dans leurs mains qu'entre les
» miennes. Mes bons voisins , je
» change ma résolution ; je veux les
» envoyer vendre à Bâle , et l'argent
» qui en proviendra servira à rebâtir
» vos cabanes , à les garnir , comme
» elles l'étaient, de meubles et d'usten-
» siles. »

Et jusqu'alors , ajouta Philippe ,
vous resterez avec nous ; nous voulons prolonger la noce.

Ils tombèrent tous à genoux élevant leurs mains vers leur bienfaiteur
et poussant des cris de joie. Levez-
vous, dit Sarner, c'est Dieu qui vous
a préservés ; c'est lui que vous devez
remercier. Quand vous vous serez
acquittés de ce premier devoir, il
vous en reste un à remplir auprès du
vieux berger de la montagne ; c'est
de lui que Dieu s'est servi pour vous
sauver ; c'est à lui que vous devez
témoigner ici bas votre reconnaissance. Il ne s'est pas encore réuni à
nous ; venez, mes enfans : allons tous
ensemble entourer sa couche ; qu'il
voie à son réveil ceux qu'il a préservé de la mort. On le suivit dans
la chambre où on trouva en effet le
corps du bon vieillard couché sur
son lit, mais son ame était auprès de
Dieu ; son visage était blanc comme

ses cheveux, et la longue barbe argentée qui couvrait sa poitrine. Le
sourire du bonheur était sur ses lèvres. Il est allé, dit Sarner, auprès
de celui qui l'avait envoyé pour nous
sauver, lui rendre compte de sa mis-
sion. — Bon vieillard, sois encore
notre protecteur! Tous tombèrent à
genoux auprès de la couche du centenaire; tous répétèrent la prière de
Sarner; tous accompagnèrent le lendemain le cercueil dans sa dernière
demeure.

Les joyaux de l'Empereur Rodolphe
furent vendus; les cabanes furent re-
levées dans le vallon des avalanches;
et habitées par des cœurs bons et
reconnaissans, dévoués aux enfans
de Conrad et de Bertrand; les deux
familles restèrent ensemble, et la vie
des vieillards se prolongea pendant

un grand nombre d'années. Le berger
de la montagne ne fut point oublié
de Philippe et d'Hildegarde ; ils en
parlaient souvent à leurs enfans en
leur disant : sans lui vous n'existeriez-
pas ; car, depuis long-tems, vos parens
auraient été ensevelis sous les avalanches.

Philippe écrivit cette histoire pour
conserver parmi nous la mémoire du
berger centenaire des Alpes.

~~~~~~~~~~~~~~~~~~~~~~~~~~~~~~~~~~~

DOUZIEME NOUVELLE.

~~~~~~~

LE ROSIER,

LE MOUTON ET LE PROFESSEUR EN PHILOSOPHIE,

Anecdote imitée de l'allemand.

—————

INTRODUCTION.

J'AI eu le bonheur de connaître dans sa vieillesse le célèbre V*****, auteur de plusieurs excellens traités de morale, et professeur de philosophie et de belles-lettres dans une des plus fameuses universités d'Allemagne ; j'étais souvent admis à sa table , dans l'intérieur de son aimable famille ; c'était là que, lorsqu'il était animé par quelques verres de vin du Rhin , il aimait à nous raconter des anecdotes de sa jeunesse , avec une gaîté , une naïveté qui les rendaient extrêmement piquantes ; son âge , sa science , sa célébrité n'en imposaient plus ; on riait avec lui d'aussi bon cœur qu'il riait lui-même en se rappelant la petite anecdote que je vais essayer de raconter à mon tour ; elle avait eu la plus grande influence sur sa vie , et c'était celle qu'il aimait le mieux à se retracer et qu'il contait avec le plus d'agrément : si je pouvais me servir des propres expressions de l'aimable vieillard , je serais bien sûr de plaire et d'intéresser ; mais il y manquerait toujours l'expression de sa belle physionomie , ses cheveux blancs comme la neige, bouclés avec tant de grâce autour de sa tête, ses yeux bleus un peu ternis par l'âge, mais annonçant cependant encore, et son vaste génie, et la profondeur de sa pensée; son front sillonné de rides mais élevé, ouvert, et d'une beauté remarquable; son sourire si plein d'aménité et de franchise; j'étais très-beau garçon, nous disait-il quelque-fois, et personne n'en pouvait douter en le regardant; mais je n'étais point aimable, parce qu'un savant l'est rare-ment, ajoutait-il en riant, alors per-sonne ne voulait le croire, et pour le prouver il racontait l'histoire sui-vante:

JE n'avais pas encore trente ans, nous disait-il, lorsque j'obtins la chaire de professeur en philosophie

dans cette université de la manière
la plus convenable ; je ne vous dirai
pas si mon amour-propre fut flatté
de cette distinction assez rare à mon
âge ; peut-être , me dit-il à l'oreille ,
que je l'avais méritée par mon appli-
cation et mon travail , mais ce qu'il
y a de bon, c'est que je ne la méri-
tais guère au moment où elle me fut
accordée ; une autre philosophie que
celle que je devais enseigner à mes
disciples m'occupait bien davantage ,
et j'aurais mis bien plus de prix à
savoir ce qui se passait dans un cœur,
qu'analyser le cœur humain en général.
En un mot, mes amis , j'étais passionnément amoureux et vous savez
tout ; j'espère que lorsque l'amour
s'empare d'une jeune tête, adieu tout
le reste, il n'y a plus de place que
pour lui ; ma table était couverte

d'infolio de toutes les couleurs, de cahiers de papiers de toutes les grandeurs; de journaux de toute espèce, de catalogues de livres; enfin de tout ce qu'on doit trouver sur les tables de professeurs; mais, de toute cette science, je n'étudiais depuis quelque tems que l'article *rosier*, soit dans l'Encyclopédie, soit dans les livres de botanique ou de jardiniers fleuristes que j'avais pu découvrir; vous allez savoir ce qui me donnait tant de goût pour cette étude, et ce qui faisait que ma fenêtre, pendant les jours les plus froids, était toujours ouverte; tout cela tenait à cet amour dont j'étais possédé et qui était devenu mon unique et continuelle pensée; je ne sais trop comment allaient mes cours et mes leçons, et je suis sûr que, plus d'une fois j'ai dit, *Amélie* au lieu de *philosophie*.

C'était le nom de ma belle , la plus belle fille en effet de l'université, mademoiselle de B. ; son père , militaire renommé, était mort au champ d'honneur ; elle occupait avec sa mère une belle et grande maison dans la rue où je demeurais , du même côté et à quelque distance ; cette mère , sage et prudente , forcée par les circonstances d'habiter une ville remplie de jeunes étudians de tous les pays , et ayant une fille aussi jolie , ne la perdait pas un instant de vue , et ne la laissait jamais sortir sans elle , mais la bonne dame aimait passionnément le monde et le jeu, et , pour accorder ses goûts avec ses devoirs de mère , elle menait Amélie avec elle dans tous les rassemblemens de vieilles douairières , professeuses, chanoinesses, etc. où la pau-

vre enfant s'ennuiait à périr à faire
un ourlet, à tricoter au bas à côté
de la partie de sa mère. Il va bien
sans dire qu'aucun étudiant, ni aucun
homme qui n'avait pas passé cinquante
ans n'était admis chez elle. J'avais
donc bien peu de moyens de faire
connaître et partager mon amour à
la jeune Amélie; je suis bien sûr
cependant que tout autre que moi
l'aurait trouvé ce moyen; mais j'étais
tout-à-fait novice en galanterie, et,
jusqu'au moment où j'avais puisé
dans les beaux yeux noirs d'Amélie
cet amour qui m'enchantait et me
tourmentait, les miens, ayant toujours été fixés sur des livres latins,
grecs, hébreux, chaldéens, etc. n'en-
tendaient rien du tout au langage du
cœur.

Ce fut chez une vieille Dame, à

qui j'étais recommandé, que je fis
la connaissance d'Amélie ; elle était
en relation de société avec madame
de B**, et ma destinée me conduisit chez elle le jour qu'elle
tenait assemblée ; elle me reçut, je
vis Amélie, et, dès ce premier jour,
elle fut gravée en traits de feu dans
mon cœur, la mère fronça le sourcil,
en voyant un beau jeune homme ;
mais mon air timide, sage et peut-
être un peu pédant la rassura. Il y
avait là quelques autres jeunes personnes filles et nièces de la maîtresse
de la maison ; c'était en été : elles
obtinrent la permission de se promener dans un jardin sous les fenêtres du sallon et sous les yeux des
mamans ; je les suivis et, sans oser
parler à la belle Amélie, j'écoutais
chaque mot qui sortait de sa bouche.

Sa conservation me parut aussi charmante que sa personne ; elle parla
sur divers sujets avec une intelligence au-dessus de son âge; elle eut
occasion de montrer le plus aimable
caractère, douceur, bonté, complaisance; elle réunissait tout ce qu'il
fallait pour plaire et pour attacher: à
propos de quelques plaisanteries sur
les défauts des hommes, elle dit que
celui qu'elle redouterait le plus dans
eux était la violence, l'emportement,
la colère et de ne pas savoir reprimer
le premier mouvement; j'étais naturel-
lement assez doux, ainsi que tous ceux
qui ont consacré leur vie à l'étude, et
celle de la philosophie n'avait pas été
perdue pour moi; j'aurais voulu oser
m'en vanter, mais au moins j'entrai
dans son sens, et je dis assez de mal
de la colère pour prouver que je

n'y étais pas enclin ; j'en fus récompensé par un sourire approbateur ;
il m'encouragea, et je pris sur moi
de parler mieux que je ne m'en serais
cru capable devant de belles dames.
Amélie paraissait m'écouter avec
plaisir, et c'est là sans doute ce qui
m'électrisait, mais lorsqu'elles vinrent
à s'entretenir des modes , de leurs
chapeaux , de leurs petits ouvrages
de femmes, il fallut bien me taire ,
c'était une langue inconnue ; Amélie
aussi parla fort peu. Il fut ensuite
question des fleurs qui ornaient le
jardin ; chacune vanta celle qu'elle
préférait, je ne m'y entendais guères
plus qu'aux modes ; mais je pouvais
aussi avoir mon goût particulier, et
j'attendais, pour me décider, de connaître celui d'Amélie ; elle se déclara
pour les roses , et s'anima beaucoup

en parlant de sa fleur favorite ; on
était tenté d'avertir sa modestie de
leur ressemblance ; de ce moment
la rose devint pour moi la reine des
fleurs.

Amélie, lui dit en riant une petite
espiégle au sourire malin, combien
sont péris de rosiers cet hiver ?

Aucun, répondit-elle, j'y ai renoncé, cette éducation est vraiment
trop pénible, trop ingrate et sans
doute je n'y entends rien, mais j'en
suis bien fâchée, et j'aurais les plus
grandes obligations à la personne
qui me donnerait ce talent.

Je m'enhardis à lui demander l'explication de ce qu'on venait de lui
dire et de sa réponse, elle me la
donna ; « vous venez d'entendre, me
dit-elle, que j'aime les roses avec
passion ; c'est un goût de famille,

maman les aime encore plus que moi; depuis que je puis penser à quelque chose, j'ai eu le désir et l'ambition de lui offrir pour ses étrennes du 1.ᵉʳ de Janvier un beau rosier fleuri, et je n'ai pu y parvenir (*) chaque année. J'élevais en cachette une quantité de rosiers dans des vases; la plupart périssait dès les premiers froids, et je n'ai pu encore avoir le plaisir d'en offrir un à ma bonne maman ». J'étais si peu au fait de la culture des fleurs que j'ignorais absolument qu'on pût avoir des roses au fort de l'hiver; dès que je sus que

---

(*) On ne connaissait pas en Europe les charmans rosiers du Bengale, qui donnent sans peine des roses dans toutes les saisons; mais elles sont privées du parfum des roses européennes.

ce n'était pas un miracle, et qu'il ne
fallait que des soins soutenus, je me
promis à moi-même que le premier
de Janvier ne se passerait pas cette
année là sans qu'Amélie pût offrir un
rosier fleuri à sa mère : on rentra
dans le sallon ; j'avais si bien l'oreille
au guet sur tout ce que disait Amélie
que je l'entendis demander tout bas
mon nom à l'une de ses compagnes.
Ah ! s'écria-t-elle, je le connaissais
de réputation ; on dit que c'est un
auteur, et qu'il est si savant qu'il est
déjà professeur ; je ne l'aurais pas
deviné ; il n'a l'air ni fier, ni pédant.
Ah ! que je sus gré à ma science qui
faisait qu'Amélie avait entendu parler
de moi ! Dès le lendemain matin j'allai
chez un jardinier, commander une
cinquantaine de pieds de rosiers de
tous les mois en vases ; il y aura bien

du malheur , pensais-je , si dans ce
nombre il n'y en a pas un qui fleurisse;
je pris tous les renseignemens du
jardinier. En revenant de chez lui ,
je passai chez mon libraire , j'achetai
quelques volumes sur la culture des
fleurs et des arbrisseaux , et je ren-
trai chez moi plein d'espérance ; je
voulais accompagner mon rosier d'une
belle lettre , où je demanderais d'être
admis chez Mme de B** et d'enseigner à sa fille l'art d'avoir des roses
en hiver : voilà pourquoi je tenais à
les cultiver moi-même , plutôt que
d'en acheter un tout fleuri , et la jolie
leçon , et la charmante écolière me
plaisaient beaucoup plus que mes
cours de philosophie. Je bâtis là-
dessus le plus joli des romans , et je
ne doutai pas du succès ; mon pot
au lait n'était pas aussi avancé que

celui de Perrette, elle le tenait sur
sa tête, et mon rosier n'était pas encore transplanté dans son vase ; mais
je le voyais tout en fleurs et prêt
d'être offert à Amélie ; en attendant
je n'étais heureux qu'en imagination,
je ne voyais point Amélie, on ne
m'invitait plus dans les sociétés des
mères, on ne lui permit pas d'aller
dans celles des jeunes personnes ; il
fallut donc me borner, jusqu'à ce
que mon introducteur fut en état
d'être présenté, à la voir passer tous
les soirs à côté de sa mère pour
aller dans les assemblées ; heureusement pour moi, Mme de B** craignait la voiture et préférait d'aller
à pied. Je savais l'heure où l'on s'y
rendait ; j'appris à distinguer du son la
cloche de leur porte de toutes celles
du quartier. Ma fenêtre, au plein pied,

était toujours ouverte ; dès que je
les entendais sortir, je saisissais, au
hasard, sur ma table un livre, une
brochure, un manuscrit ; je m'éta-
blissais à côté de ma fenêtre avec
l'air profondément occupé de ma
lecture qui souvent était tournée du
haut en bas, et je voyais alors, presque tous les jours un instant, la belle
Amélie, et cet instant suffisait pour
m'y attacher toujours plus ; l'élégante
simplicité de sa parure, ses beaux
cheveux noirs rattachés autour de sa
tête et bouclés sur son front, sa taille
svelte, sa démarche à la fois noble
et légère, le joli pied que le soin de
ne pas salir sa robe blanche laissait
entrevoir, enflammaient mon imagination. Tandis que son maintien décent
et posé, ses attentions pour sa mère,
l'air affable avec lequel elle saluait

les personnes d'un rang inférieur, touchaient toujours plus mon cœur ; je
fis d'autres remarques qui, malgré ma
défiance de mes moyens pour plaire,
me persuadèrent enfin qu'elle avait
fait quelque attention à moi et que
je ne lui étais pas tout-à-fait indifférent ; par exemple, elle tâchait de
prendre, en sortant de chez elle, le
côté de la rue opposé à ma demeure ;
si elle avait passé dessous, elle n'aurait pu ni me voir, ni être vue :
comme j'avais toujours l'air absorbé
dans ma lecture, elle ne se doutait
pas que je la voyais aussi bien, et
lorsqu'elle s'approchait de ma demeure, elle avait toujours à dire
un mot à sa maman et le disait
assez haut : prenez-garde, maman,
appuyez-vous plus fort ; n'avez-vous
pas bien froid ? Je laissais alors ma

lecture , je regardais , je saluais , ét
presque toujours je rencontrais un
regard furtif d'Amélie qui baissait les
yeux en rougissant et me rendait mon
salut ; la maman , toute enveloppée
dans ses coiffes , ne voyait rien ; moi
je voyais tout , et je livrais mon cœur
à là plus douce espérance. Une légère circonstance l'augmenta encore ;
j'avais fait paraître un ouvrage inti-
tulé : *Abrégé de philosophie pra-
tique*, c'était un extrait de mes cours,
il avait eu du succès , et l'édition en
était épuisée ; mon libraire, qui savait
que j'en avais quelques exemplaires,
vint me prier en grâce de lui en
céder un pour une de ses pratiques,
qui le désirait vivement , et il me
nomma Mlle Amélie de B**, je sentis
que je rougissais de plaisir ; pour cacher mon trouble , je demandai en

riant , et d'un air indifférent , ce
qu'une aussi jeune personne voulait
faire d'un ouvrage aussi sérieux; « le
lire , Monsieur , sans aucun doute ,
me répondit le libraire , Mlle Amélie
n'est pas comme les autres jeunes
personnes , elle lit peu de romans et
préfère les ouvrages utiles ; il m'en
nomma plusieurs très - estimés qu'il
lui avait fournis et qui me donnèrent
une haute opinion de son goût, de son
jugement et de son instruction : à son
impatience, ajouta-t-il, d'avoir le vôtre,
je puis bien vous répondre qu'il sera lu
avec un grand plaisir ; elle a envoyé
plus de dix fois chez moi pour l'avoir,
je le lui ai promis pour demain ; et
je vous prie de me mettre à même
de tenir ma promesse »; je tremblais
de joie et d'émotion en lui remet-
tant les volumes , à l'idée qu'Amélie

lirait mes pensées et les approuve-
rait, qu'elle apprendrait à me connaître, et mon amour et mon espoir
en prirent de nouvelles forces.

Le mois d'octobre arriva et, avec
lui, mes cinquante vases de rosiers
qu'on me fit payer tout ce qu'on
voulut, et que je fus aussi content
d'entasser dans ma chambre qu'un
avare le serait en voyant arriver des
sacs pleins d'or ; ils avaient tous l'air
assez languissant, parce qu'ils n'é-
taient pas encore repris ; je relus
tout ce qu'on a écrit sur la culture
des rosiers avec plus d'attention que
je n'avais lu mes anciens philosophes
et je n'en fus pas plus avancé ; je vis
que cette science, ainsi que toutes
les autres, n'a aucune règle fixe, que
chacun vante son système et le croit
le meilleur de tous, quoiqu'il soit

diamétralement opposé à celui de
tous ses confrères. Un de mes auteurs
jardiniers voulait que les rosiers
fussent à l'air le plus possible, un
autre recommandait de les tenir renfermés avec le plus grand soin ; l'un
voulait des arrosemens fréquens, un
autre les défendait absolument. C'est
comme pour l'éducation des hommes,
dis-je en fermant les livres avec dépit, toujours des extrêmes, toujours
des systèmes exclusifs ; essayons avec
mes rosiers un juste milieu entre tous
ces avis opposés ; j'établis un bon
thermomètre dans ma chambre, et,
suivant ses indications, je les sortais
ou je les renfermais, et l'on juge que
cinquante vases, à qui je faisais faire
cet exercice trois ou quatre fois par
jour suivant les variations de l'ath-
mosphère, ne laissèrent pas que de

me donner beaucoup d'occupation.
Ah ! comme le célèbre professeur
de vingt-huit ans aurait bien mérité
qu'on lui reprit la chaire et qu'on le
remit à l'école plus enfant mille fois
que les plus jeunes de mes écoliers !
je leur donnais à la hâte, et par rou-
tine, des leçons de philosophie en
pensant à Amélie et à mes rosiers
dont je revenais m'occuper toute la
journée.

La mort de la plupart de mes
élèves diminua cependant bientôt
mes occupations ; plus de la moitié
ne reprit pas du tout, il fallut les
jeter au feu ; un quart de ceux qui
restèrent en vie après avoir poussé
quelques petites feuilles le long de
la tige s'en tint là, plusieurs prirent une teinte jaune et noirâtre et
ne donnèrent pas le moindre espoir

de fleurir ; quelques-uns poussèrent
beaucoup, mais seulement des feuilles ; d'autres, à ma grande joie, se
couvrirent de boutons, mais ils ne
tardèrent pas à prendre un petit cer-
cle jaune que les fleuristes nomment
le collier et qui est pour eux une
maladie mortelle ; leur queue se tord,
ils penchent pendant quelques jours
et tombent enfin l'un après l'autre
sur la terre du vase, et bientôt il
n'en reste pas un seul sur les arbustes ;
je voyais ainsi mon espoir se dessé-
cher, et plus j'avais de soin de mes
pauvres invalides, plus je les prome-
nais d'une fenêtre à l'autre et plus ils
étaient malades. Enfin un d'entr'eux,
un seul me paie de toutes mes peines, il était très-garni de feuilles et
formait un beau buisson ; une branche vigoureuse s'éleva dans le milieu

et le couronna de six beaux boutons,
qui ne prirent point le collier, gros-
sirent, se gonflèrent, et laissèrent
même voir, au travers de leur calice,
une légère teinte couleur de rose;
il y avait encore six grandes semaines
avant le nouvel an, et certainement
quatre au moins de mes chers boutons devaient être épanouis, me voilà
récompensé de tous mes soins; l'espoir consolant rentre dans mon cœur,
je regardais, à chaqu'instant, mon bel
ambassadeur avec joie, avec complaisance.

Le 27 novembre, jour mémorable
pour moi et que je n'ai pas oublié,
le soleil brillait de tout son éclat,
j'en bénis le ciel et je me hâtai de
porter mon beau rosier et ceux de
ses camarades qui vivaient encore
sur un péristile au midi du côté de

la cour ; on sait déjà que je logeais
à plein pied ; je les arrosai, j'admirai
mes beaux boutons, j'allai ensuite,
comme à l'ordinaire, donner mon
cours de philosophie, puis je dînai,
je bus à la santé de mon rosier et je
revins m'établir auprès de ma fenêtre
avec un grand battement de cœur.

La mère d'Amélie avait été légé-
rement malade ; depuis huit jours
elle n'était pas sortie de chez elle,
et je n'avais, par conséquent, pas
aperçu mon Amélie ; les premiers
jours je vis entrer le médecin, in-
quiet pour elle, je me trouvai sur
son passage, je le questionnai et je
fus rassuré ; je sus aussi par lui que
la vieille malade était rétablie et devait faire sa sortie le 25 novembre
pour une assemblée de gala chez une
baronne qui logeait au bout de notre

rue ; j'étais donc sûr de voir passer
Amélie , et huit jours de privations
y mettaient encore un nouveau prix ;
certainement Mme de B** n'attendait pas cette assemblée avec autant
d'impatience que moi , elle y était
toujours une des premières ; cinq
heures avaient à peine sonné que
j'entendis la cloche de leur porte ,
je saisis un livre , me voilà à mon
poste , et bientôt je vois paraître
Amélie , éblouissante de parure et
de beauté , donnant le bras à sa
mère ; jamais encore l'éclat de sa
figure ne m'avait autant frappé ; cette
fois elle n'eût pas besoin de parler
haut pour attirer mes regards , ils
étaient attachés sur elle et lui parlaient un langage qui n'était pas
douteux , mais les siens étaient bais-
sés ; et cependant elle devinait que

j'étais là, car elle passa lentement et prolongea ainsi mon bonheur; je la suivis des yeux jusqu'à ce qu'elle fut entrée dans la maison où elle devait passer la soirée; alors seulement sa tête se tourna de mon côté comme un éclair, la porte se ferma, elle disparut, mais resta présente à mon cœur; je ne pouvais ni fermer ma fenêtre, ni cesser de regarder l'hôtel de la baronne; comme si j'avais pu voir Amélie au travers des murs, je restai là jusqu'au moment où les objets s'obscurcirent, les jours sont courts en hiver, l'approche de la nuit et un air un peu plus frais me rappelèrent que mon rosier était encore sur le péristile; jamais il ne m'avait été si précieux; je vais pour le rentrer, à peine suis-je dans l'antichambre que j'entendis sur le péris-

ûle un singulier bruit comme d'un
animal qui broûte et remue des grelots ; je frémis, je cours, et j'ai la
douleur de trouver un mouton établi
auprès de mes rosiers et prenant là
son repas du soir avec avidité.

Je m'empare de la première chose
que je trouve, c'était une pincette
de cheminée ; je veux chasser la bête
gloutonne ; hélas ! c'était trop tard,
elle venait d'accrocher la belle branche aux boutons, elle les avalait l'un
après l'autre, et, malgré l'obscurité,
je vis encore, au-devant de son mu-
seau, le plus avancé de tous qui fût
croqué comme les autres. Je vous le
jure, mes amis, je n'étais ni violent,
ni emporté, mais, à cette vue, je ne
fus pas le maître de moi-même ; sans
trop savoir ce que je faisais, je dé-
charge un coup de ma pincette sur

l'animal paisible qui détruisait mes
espérances et je l'étendis à mes pieds.
    Je ne le vis pas plutôt sans mou-
vement que je me repentis de ce que
j'avais fait tuer une pauvre bête sans
défense et n'ayant pas la conscience du
mal qu'elle fait ; cela n'était digne ni
d'un professeur en philosophie, ni
de l'adorateur dévoué de la belle
Amélie ; mais aussi, manger mon
rosier, mon seul espoir pour être
admis chez elle ! quand je pensais
qu'il était anéanti, je ne me trouvais
plus si coupable. Cependant la nuit
devenait obscure, j'entends passer
une vieille fille de basse cour, et je
l'appelle. Catherine, lui criai-je,
apportez votre lumière ; il y a bien
du mal ici, vous laissez la porte de
l'écurie ouverte, celle du péristile à
la cour l'est aussi ; un de vos mou-

tons est venu broûter mes rosiers et
je l'ai fort maltraité.

Elle arriva bientôt avec la lanterne
à la main ; ce n'est pas un de nos moutons, me disait-elle en s'approchant,
je viens d'y regarder , l'étable est
fermée et ils y sont tous. Ah! mon
Dieu ! mon Dieu ! que vois-je ?...
dit-elle quand elle fut tout près ,
c'est le mouton chéri de notre voisine Mlle Amélie de B** qui est si
jolie et si bonne ; pauvre Robin !
qu'est-tu venu faire ici ? oh ! comme
elle va être fâchée ! Et moi, mes
amis , peu s'en fallût qu'Amélie ne
perdît du même coup son mouton
et son amant ; je tombai presque à
côté de Robin , tant je me sentais
défaillir. — De mademoiselle Amélie !
dis-je avec une voix tremblante , est-
ce qu'elle a un mouton ?

Ah! mon Dieu! non, elle n'en a
plus à présent que le voilà les quatre
fers en l'air. Ah! comme elle va pleurer tout son saoul la pauvre petite!
c'est le seul plaisir que sa mère lui
accorde, elle l'aimait comme ses
yeux. Voyez le joli collier qu'elle lui
a brodé de ses belles mains. Je me
baissai, il était de maroquin rouge,
garni de grelots; elle avait brodé
dessus en fil d'or, *Robin appartient
à Amélie de B***, *elle l'aime et prie
qu'on le lui rende.* Ah Dieu! elle
l'aime, et je l'ai tué! elle prie qu'on
le lui rende et le voilà étendu sans
vie! Que va-t-elle penser du barbare
qui l'a assommé dans un mouvement
de colère? c'est le vice qu'elle dé-
teste; elle avait bien raison, puisqu'il
lui a été si fatal, elle va prendre en
horreur le meurtrier de Robin, et

je l'ai bien mérité ; mais s'il n'était pas mort, s'il n'était qu'étourdi du coup.... Catherine, courez vite chez l'apothicaire, demandez-lui de l'éther, de l'eau de luce, de la corne de cerf; allez donc vite.

Mon Dieu, Monsieur, je ne saurais pas dire toutes ces drogues d'enfer.—Et bien demandez seulement ce qu'il faut pour faire revenir un mouton.... non, ne parlez pas de mouton, dites que quelqu'un est évanoui et qu'on vous donne de quoi le ranimer. Catherine part, et moi, assis à terre, à côté du mouton d'Amélie, je tâche de me persuader qu'il vit encore, je le soulève sur ses quatre pattes, elles cèdent, et il retombe plus étendu que jamais; je tâche de lui faire ouvrir la bouche, mon bouton de rose était encore entre ses

dents hermétiquement fermées, son
collier le serre peut-être, en effet le
cou avait gonflé ; je le détache avec
assez de peine , il tombe quelque
chose à mes pieds, que je relève et
que je mets machinalement dans la
poche de ma veste , sans regarder
ce que c'était, tant j'étais absorbé par
le désir de ressusciter Robin ! je le
frotte de toutes mes forces; je m'im-
patiente du retour de Catherine ; elle
arrive une petite bouteille à la main
et s'écriant suivant sa coutume :
—Tenez, Monsieur, voilà la drogue ;
mais ce Mr. Apothicaire dit que cela
ne vaut rien pour le mouton évanoui;
comment, causeuse, vous avez dit..
—Dame, Monsieur, il a bien fallu
dire qui c'était cette personne éva-
nouie ; mais certes non, je ne suis
pas causeuse, je n'en ai pas ouvert

la bouche à Mlle Amélie , elle me faisait trop pitié ; faut pas ajouter affliction à l'affligé , dit la Ste. Bible.

Que voulez-vous dire , Catherine ; où donc avez-vous vu Mlle Amélie , et de quoi s'affligeait-elle , si elle ne savait pas la mort de son mouton ? parlez donc ; parlez.

Oh ! Monsieur , je ne demande pas mieux, c'est un terrible jour que celui-ci pour cette pauvre fille , et c'est bien pis que le mouton ; elle était tout là-haut le long de la rue , cherchant une bague qu'elle a perdue : ce n'est pas peu de chose au moins ; c'est la bague de feu son père que l'Empereur lui avait donnée , et qui vaut , dit-on , plus de louis que je n'ai de cheveux sur la tête. Sa mère la lui avait prêtée , aujourd'hui qu'elle voyait du si beau monde, pour

se faire brave, et puis voilà que mon
étourdie l'a perdue; elle ne sait
quand, ni où; elle s'en est aperçue
en tirant son gant pour goûter: vous
jugez si elle est devenue bleue et si
elle a pu manger seulement une tar-
telette, la pauvre ame!

Elle a vite remis son gant pour
que sa maman ne vit pas que sa
bague manquait et qu'elle a pu se
sauver; comme il n'y a pas bien loin
elle est venue toujours courant chercher partout et elle n'a rien trouvé;
si vous aviez vu son chagrin! elle me
fendait le cœur; il faut que je retourne, disait-elle, chercher partout:
mes bons amis, je donnerai tout ce
qui dépendra de moi à qui me la
trouvera, et ma bonne amitié par
dessus; et vous jugez, si on cherche
exactement, Monsieur, je vais cher-

cher aussi. Si vous ressuscitez le mouton, et si je trouve la bague, tout ira bien pour nous et pour la pauvre enfant.

Elle me quitta : pendant qu'elle parlait avec tant de volubilité, je me rappelai que ce qui était tombé du collier du mouton avait la forme d'une bague. Serait-il possible ? je le sors de ma poche, je le regarde, et jugez de ma joie, c'était le solitaire de Mme de B**, très-beau en effet et d'un très-grand prix ; un pressentiment secret me dit que c'est un moyen de se présenter, plus sûr que le rosier, et de se faire pardonner le meurtre du mouton ; je presse la précieuse bague contre mon cœur, contre mes lèvres, je m'assure que le mouton est bien mort, et le laissant étendu auprès des rosiers qu'il a dépouillés , je cours à la rue , je renvoie tous ceux qui cherchaient inutilement et je m'établis sur ma porte en attendant le retour de mes voisines ; je vois de loin le flambeau qui les précéde, et bientôt je distingue leurs voix et je comprends qu'Amélie a avoué son malheur ; la mère gron- dait vivement, la fille pleurait dou- cement et disait : bonne maman , nous la retrouverons peut-être. Ah ! oui , peut-être , répondit la mère avec humeur, elle est de trop belle prise pour celui qui la trouvera ; l'Empereur l'avait donnée à feu ton père , lorsqu'il lui sauva la vie dans une bataille, il en faisait plus de cas que de tout ce qu'il possédait , et tu vas la perdre ! c'est moi qui ai eu tort de te la prêter. Depuis quelque tems, on ne sait ce que tu fais, ni ce qui

te passe par la tête, tu n'en as non
plus que ton mouton ; perdre ma
belle bague!.. non, jamais je ne te le
pardonnerai. J'entendais tout cela en
les suivant à quelques pas de distance;
elles arrivèrent et j'eus la cruauté de
prolonger de quelques minutes le
chagrin d'Amélie; je voulais que ma
trouvaille me valut l'entrée de leur
maison et j'attendis qu'elles eussent
monté leur escalier, alors je me
fais annoncer comme apportant des
bonnes nouvelles ; je suis introduit
et je présente respectueusement la
bague à Mme de B**, en jetant un
coup d'œil sur sa fille. Bon Dieu !
qu'Amélie était contente ! elle ne
savait ce qui lui faisait le plus de
plaisir, d'avoir retrouvé la bague, ou
que ce fût moi qui l'eût trouvée ;
combien sa joie et son émotion l'em-

bellissaient encore! n'osant m'embras-
ser, elle se jeta au cou de sa mère,
et, se tournant de mon côté les yeux
pleins encore de larmes et rayon-
nans de plaisir, elle joignit ses mains.
Oh ! monsieur, me dit-elle, que
d'obligations, quelle reconnaissance!

Ah ! mademoiselle, lui dis-je en
joignant aussi les mains ; vous ne
savez pas à qui vous adressez le mot
de reconnaissance? - A celui qui vient
de me faire un bien grand plaisir.—

A celui qui vient de vous faire une
peine cruelle, au meurtrier de Robin,
j'ai tué votre mouton.

—Vous, monsieur! je n'en crois pas
un mot; pourquoi m'auriez-vous fait
ce chagrin? vous n'êtes pas méchant.
—Non, mais j'ai été bien malheureux, Robin est venu chez moi; le
pauvre Robin, victime d'un mouve-

ment de colère, n'existe plus. En
détachant son collier que je vous
rapporte aussi, votre bague engagée
dessous est tombée; vous aviez dit
ou promis une grande récompense à
qui la retrouverait; j'ose la solliciter.
Accordez-moi mon pardon de la
mort de Robin.

Et moi, monsieur, je vous en
remercie, s'écria la mère, je n'aimais point ce Robin, qui occupait
sans cesse Amélie, et m'ennuyait de
ses bélemens, et si vous ne l'aviez
pas tué, le ciel sait où il aurait emporté mon diamant; mais comment
s'était-il niché sous ce collier? Amélie,
explique-moi cela.

Amélie avait le cœur un peu gros;
elle était aussi fâchée que ce fut
moi qui eut tué Robin que de sa
mort. — Pauvre Robin! dit-elle en

essuyant une larme, il aimait un peu
trop à courir, avant de sortir je lui
ai attaché son collier pour qu'il ne
se perdit pas, toujours on me l'a
ramené,.... quand on lisait ce que
j'ai brodé,.... et cette fois il ne reviendra pas,.... ma bague aura glissé
dessous le collier et se sera accrochée
à sa laine ; vous m'avez appelée,
maman, j'ai vîte mis mes gants, et
je ne m'en suis aperçue qu'à l'assemblée ; quel mauvais moment j'ai passé
mais le pauvre Robin a été bien plus
malheureux que moi. Quelques larmes coulaient encore, elles tombaient brûlantes sur mon cœur.....
[Quel bonheur qu'il soit d'abord
entré chez notre voisin !

Oui, pour vous, dit Amélie, mais
pour lui, il a été reçu bien cruelle-
ment ; était-ce un si grand tort,

Monsieur, que d'aller chez vous?
Sans doute, je suis bien aise que
cela vous ait fait trouver le diamant
de maman : mais il n'en est pas moins
vrai, cependant, qu'il faut être bien
violent, pour tuer un pauvre mou‑
ton, parce qu'il vous fait une visite ;
vous disiez une fois tant de mal de
la colère, vous m'avez bien trompée ,
je n'aurais jamais cru cela de vous ,
M' le professeur : — Et moi bien moins
encore, mademoiselle ; j'aurais, je
crois, payé de ma vie celle de votre
mouton si je l'avais connu ; il était
nuit et je n'ai vu son collier, je n'ai
su qu'il vous appartenait que lorsqu'il
n'était plus tems, je lui aurais tout
pardonné. — Grâces au ciel donc que
vous ne l'ayez pas connu, s'écria la
mère, où serait à présent ma bague?
Il m'avait fait, continuai-je, un

si violent chagrin que, pour la première fois de ma vie, j'ai eu un mouvement de colère dont il a été la victime plus que jamais ; j'ai ce défaut en horreur, il a coûté la vie à votre Robin, et si je n'obtiens pas votre pardon il me coûtera la mienne ; il faut, au moins, que je sache, dit Amélie avec émotion, quel si cruel chagrin a pu vous faire mon innocent Robin ?

Ah ! mademoiselle, il a brouté mon espoir, mon bonheur, un superbe rosier prêt à fleurir, que je soignais depuis long-tems et que je voulais offrir.... à quelqu'un, à la nouvelle année. Amélie sourit, rougit, me tendit sa belle main, et me dit à demi-voix : tout est pardonné.

Il a brouté un rosier prêt à fleurir, s'écriait M.me de B**, il méritait

mille morts,.... je donnerais vingt
moutons pour un rosier en fleurs.

Et je suis bien trompée, maman,
dit Amélie avec une adorable naï-
veté, si le rosier de M.^r le professeur ne vous était pas destiné.

A moi? tu ès folle, mon enfant,
je n'avais point l'honneur de le connaître, mais lui connaissait votre
goût pour les roses, j'en ai parlé
devant lui, la seule fois que je l'ai
vu chez Mme de B**, je me le rappelle très-bien, et qu'il ignorait alors
qu'il y eût des roses de tous les mois;
— n'est-il pas vrai, monsieur, que le
coupable Robin a brouté le rosier
de maman?

J'en convins, et je racontai le
cours d'éducation de mes cinquante
rosiers, toutes mes peines, tous mes
malheurs, et mon unique espérance

détruite en un instant, et ma fureur,
et mon désespoir, et mes efforts
inutiles pour ressusciter Robin qui
m'avaient fait trouver la bague.

Madame de B** rit beaucoup, et
me dit qu'elle m'avait donc une double obligation. — Mlle Amélie m'a
donné ma récompense pour le dia-
mant retrouvé, lui dis-je, je réclame
aussi la votre, madame. — Demandez,
monsieur ? — La permission de vous
rendre quelquefois mes devoirs.

— Accordé, dit-elle avec gaîté.
Je baisai sa main respectueusement,
celle de sa fille très-tendrement ; et
je me retirai, mais je revins le lendemain, et tous les lendemains ;
je fus reçu avec une bonté qui s'augmenta chaque jour ; on me regarda
comme de la famille, c'était moi qui
donnais le bras à Mme de B** pour

aller aux assemblées , elle m'y présentait comme son ami , et sa fille ne
s'y ennuyait plus.

Le jour de l'an arriva ; j'avais été
la veille, dans une métairie voisine ,
acheter un mouton tout semblable
à celui que j'avais tué ; je fis chercher dans toutes les serres de jardiniers tous les rosiers fleuris qui s'y
trouvèrent , le plus beau fut destiné
à la maman , et toutes les roses des
autres formèrent une guirlande autour du cou blanc du mouton. Le
premier de janvier j'allai chez mes
voisines avec mon beau vase et
ma jolie bête. Robin et le rosier
sont ressuscités , dis-je en leur pré-
sentant mon hommage qui fut reçu
avec attendrissement et reconnaissance. Je voudrais aussi vous donner
une étrenne , me dit avec amitié

madame de B** en jetant un regard
sur Amélie; mais moi je ne sais pas
ce que vous aimez; — Ce que j'aime?
Ah! si j'osais vous le dire!.. et je regardais aussi Amélie. — Serait - ce
ma fille, par hasard? — je tombai
à ses pieds, Amélie s'y jeta aussi.
— Et bien, dit l'aimable maman,
voilà donc vos étrennes toutes trou-
vées! Amélie vous donne son cœur,
et moi je vous donne sa main. Elle
détache du cou du mouton la guirlande de roses, et en enlace nos deux
mains réunies.

Et mon Amélie, dit en finissant le
vieux Professeur et en passant un bras
autour de sa vieille compagne assise
à côté de lui, est encore à mes yeux
aussi belle, et dans mon cœur, aussi
chérie que le jour où nos deux mains
furent unies par une chaîne de fleurs.

F I N.

TABLE

DES NOUVELLES

contenues dans le quatrième volume.

Fin de la Table.